Illustration :
Roro Kamijyou

極道パパとおいしいごはん

柚槙ゆみ

イラストレーション／上條ロロ

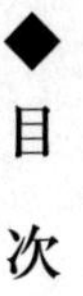

目次

この作品はフィクションです。
実在の人物・団体・事件などに
一切関係ありません。

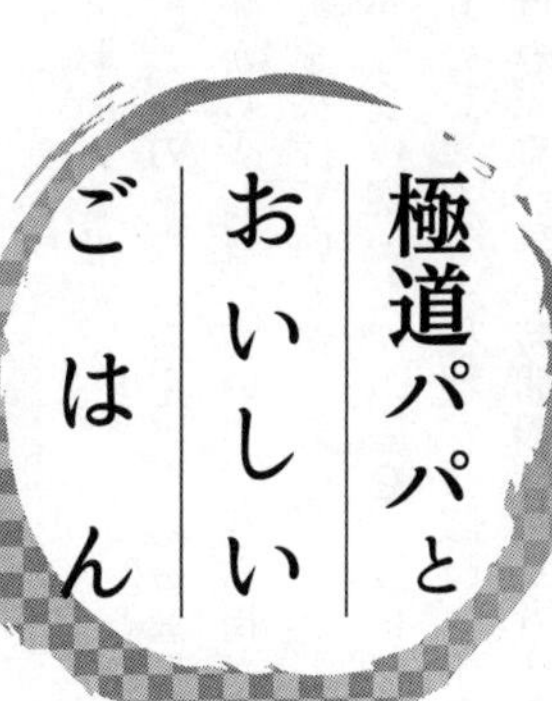
極道パパと
おいしい
ごはん

第一章

「いらっしゃいませ！」

惣菜（そうざい）屋『かの屋』の店主である皆倉桜智（みなくらさち）は、店先にやって来た常連のお客さんに声をかけた。駅から少し離れていて、商店街からも路地を一本入った先にあるこの店は、古めかしい看板を掲げているが人気店だ。

祖母から受け継いだかの屋を、今は桜智が一人で切り盛りしている。どれもすべて桜智の手作りの惣菜、二十種類が冷蔵ショーケースを飾っていた。

季節は春先で、早い時間の仕込みも寒さに手を擦り合わせることもなくなった。これから夏を迎えるまでの間、過ごしやすい季節がやってくる。

「さっちゃん、今日はカボチャの煮付けと生芋（なまいも）こんにゃくをもらおうかな」

「はーい、いつもありがとうね」

年配のご婦人から注文を受けて、桜智は冷蔵ショーケースの裏側のガラス引き戸を開ける。

「いつもの量でいい？」

「そうね、それでお願い」

一人暮らしのご婦人なので量はそれほどでもないが、毎日のように足を運んでくれる。

「昨日のあれ、美味しかったわ。えーっと……」

「大根のうま煮？」

桜智は注文の惣菜を袋に入れながら、冷蔵ショーケースの上から顔を出して答える。

「そうそう、それ！　すっごく味が染みててよかったわぁ。今日はないのよね？」

「ごめんね。昨日で売り切れちゃって」

「そうよねぇ。美味しかったものね」

小柄で少し腰の曲がったご婦人は、目を細めてにこにこと笑いながら褒めてくれる。確かに大根のうま煮は人気だった。買いに来る客は年配の女性が多いのでそうなのかもしれないが、祖母のレシピはどれも間違いない。

（ばあちゃんのレシピは、どれもこの町の人の口に合わせて作られてるんだよなぁ）

大好きだった祖母の顔を思い出す。桜智は胸の奥がじわっと温かくなるのを感じ、そしてそのあとにやってくる切なさに涙が出そうになる。

祖母が亡くなって三年。この店を継いで二年になる。始めは苦労も多かったが、様々な人に助けられてここまでやってこられた。

かの屋の隣は豆腐屋で、その隣は花屋が入っている。店の上は住居になっていて、桜智はそこに住んでいた。そのアパートで両親と祖母も一緒に生活していたが、今は一人きりである。

数年前に両親が交通事故で一度に亡くなった。祖父はすでに他界していたので、祖母と桜智だけが残された。その祖母も今はいない。家族の思い出はこのかの屋と桜智の胸の中だけにある。だから桜智はかの屋を愛し、店を継いで残していきたいと頑張っているのだ。

幸い料理とは無縁だった桜智でも、わかりやすく書かれた祖母のレシピのおかげでこの店をなんとか再開できた。だが、再オープン当初はなかなか客が戻らなくて苦労をした。

——前とは味が変わったのねぇ。

来てくれた常連の一人にそう言われ、ショックを受けたのは忘れない。いくらレシピ通りに作っても、祖母のやさしい味になかなか近づけなかったのだ。それでも惣菜を買ってくれる常連たちに助けられ、ようやく「美味しい」といって褒めてもらえるまでになった。

(本当に、かの屋に来てくれるお客さんはいい人ばっかりだよな)

桜智は額に滲んだ汗を腕で拭った。春の穏やかな青空が店の中からも見える。空気は澄んでいてとても気持ちいいが、店の中はそうはいかない。惣菜の補充や接客、客がいない間は店頭の様子を見ながら明日の仕込みを行う。額に汗を滲ませながら大忙しだ。身長がそれほど高くない桜智は、色も白く顔つきもどちらかというと中性的で、今どきの若者といった風貌（ふうぼう）である。髪は少し癖毛の茶色。その髪も仕事をしているときは赤白のチェック柄の鍔（つば）が印象的な衛生（えいせい）キャップを被っているので隠れている。

仕事中の桜智は白の上下の作業着に赤白のチェック模様の前かけを着けていて、惣菜屋というよりもどこかファストフード店の店員のようだった。かの屋を一人で切り盛りするまで華奢（きゃしゃ）だった桜智の腕や足腰は、多少は鍛えられ仕事をする男の筋肉がついていた。今は毎日忙しくしているが、買いに来てくれるお客さんの笑顔を見るとその疲れも吹き飛ぶというものである。

「こんにちは～」

店先で声がして、仕込み途中の桜智は顔を上げる。そこには最近よく買いに来てくれる男の子とサラリーマン風の男性の姿があった。

「いらっしゃいませ。今日も来てくれたの？　ありがとう」

小さなお客様に声をかけると、少し照れたように笑ってくれた。恐らく隣に立つのは彼の父親だろう。買いに来る時間はまちまちだが、いつもビシッとしたスーツに身を包んでいる。長身で黒髪のその人は一見取っつきにくそうな雰囲気だが、笑うと目尻に皺ができてガラッと印象が変わった。

男の子の名前は花城蓮という。茶色の癖毛の髪がかわいらしく、瞳の色は少し変わっていてグリーンっぽいのだ。もしかしたら異国の血が入っているのかもしれない。年齢は三歳だと聞いていたが想像以上にしっかりした子で、受け答えは大人も顔負けである。

「こんにちは、花城さん」

「どうも。今日は、あれあるかな？　え〜っと椎茸の……」

花城の視線が冷蔵ショーケースの中を探すように彷徨った。

「椎茸と海老のしんじょう揚げ、ですよね？」

「そうそう、それ！」

花城がぱぁっと表情を明るくさせて桜智を見る。椎茸と海老のしんじょう揚げは彼の好物だ。初めてそれを買いに来て、翌日に美味しかったと感想を伝えてくれた。なので椎茸と海老のしんじょう揚げが陳列されているときは必ず多めに買っていく。

「本当に美味しくて、毎日でも食べたくて困ってしまうよ。でも、毎日は置いてないとか？」

「そうですね。実は原価割れのメニューなので時々しか作れなくて……」

桜智は口の横に手を当てて小声で囁く。今は海老も椎茸も高いので、本当にたまにしか出さないのである。だがこうして美味しいからと言われたら、どうしても出したくなってしまう。商売人の性である。

「え、あれは原価割れなの？　……知らなかった。今後はもう出さないとか……？」

心配そうな残念そうな顔で尋ねられる。

「いいえ、椎茸が安いシーズンとか、いい海老が手に入ったらまた出しますよ」

「よかった。あの甘酸っぱいタレの味も忘れられなくて……」

花城が目を閉じてうっとりとした顔で上を向く。相当好きらしい。こんなに言われては、少し原価が割れても作りたくなってしまう。

(花城さん、そんなに好きだったのか)

見た目に反してよく話す花城は「じゃあ二番目に好きな、牛すじのしぐれ煮をもらおうかな」と冷蔵ショーケースを覗き込んで言ってくる。

「パパ、僕のはありますか？」

ガラスに両手を突いて並んでいる惣菜を見ていた蓮が、花城を見上げて聞いている。蓮の好物は上の方の棚に乗せてあるので見えないのだ。

「あるぞ。これだろう？」

花城が蓮の両脇に手を入れて体を持ち上げた。彼のお目当ては元気ミートボールである。甘いタレが大人気で、子供が一緒に買いに来たときは必ず売れる一品だ。

「こえです。元気ミートボール！」

「大丈夫だ。いつもの量を買うからな」

「はいっ」

蓮の話し方はいつも丁寧語だ。きっと家におじいさんかおばあさんがいるのだろう。年配の人がいる家庭はそういう風に話す子がいると聞く。

蓮も父と同じく、ミートボールを目にしてぱぁっと花が咲いたような笑顔になった。親子だなぁと桜智は思う。

「フルーツサラダも買うか？」

「はい！　ほちいですっ」

にっこり笑った蓮を下ろし、花城が三種類の惣菜を追加注文してくれた。牛すじのしぐれ煮は一人、もしくは二人で食べるには多い量だ。蓮が食べるぶんは少量だが、それ以外の惣菜もかなりの量を買ってくれる。

「あと、それから……手羽先の唐揚げと、肉じゃが、味噌ヒレ串カツももらえるかな？」

「はい、わかりました。量はどうしますか？」

「いつもと同じ量で頼むよ」

「わかりました。蓮くんはミートボールが好きだね」

「はい。とてもおいちいです」

「なんで元気ミートボールっていうか知ってる？」

話しながら注文の惣菜を器に入れて重さを量り、調整していく。これはどう考えても一人で食べるのではなさそうだ。かといっておもてなしの料理とも言いがたい。

桜智の言葉に蓮が首を傾げている。桜智は得意げな表情になって蓮を見た。

「このミートボールを食べると、どんな病気も怪我もすぐに治って元気になるんだ。だから元気ミートボールっていうんだよ」

そう言って桜智は爪楊枝(つまようじ)を一本取りだし、ミートボールに突き刺した。そしてそれを蓮の前に出す。

「いいですか？」

「いいよ。どうぞ」

桜智の言葉を聞いて、蓮がうれしそうな顔でその爪楊枝を受け取った。すぐに隣の花城を見上げ「これ、もらいまちた」と報告する。

「よかったな。なんて言うんだ？」

「あ、あいがと、ございまちたっ」

頬を少し赤らめて礼を言ってくる蓮は本当にかわいい。桜智の気持ちもほんわかと温かくなる笑顔だ。手に持った爪楊枝の先についているミートボールをペロッと舐めて、それからひと口でぱくっと食べた。子供の口に合うように小さくしてあるので食べやすいのである。

花城の注文の品をまとめてひとつの袋に入れると、どっしりと重い。

（それにしても多いなこの量。そんなに大家族なのかな？　花城さんって見た目は三十代だろうけど、どんな家族構成なんだろう）

花城が買いにくると、毎回いろいろなことが気になってしまう。子供はいつも連れてくる蓮一人で他には会ったことがなかった。二人を見ていると親子だなとは思う。だがしかし大家族は想像しがたい。

着ている服はいつも上等で、普通のサラリーマンとはちょっと違うように思う。どこかの社長かもしくは芸能人、モデルかもと考えるのが普通だ。そのくらい花城の容姿は普通の人より秀でていて花があり、周囲の人間を引きつけるような魅力がある。

（この量を誰と食べるんですかって、いつか聞いてみよう）

そんなことを考えながら、惣菜の入った袋を花城に渡す。重量があるので袋は二重だ。

お代を受け取ってお釣りを返すと、指先が彼の手の平に触れた。予想外に温かくて、なんとなく胸の奥がほわっとなる。桜智の手が冷たすぎるからそう感じたのだろうか。

蓮がなにか言いたげにこちらを見つめているのに気づいて、なんだろう、と桜智が首を傾げた。

「さっちゃんは、どこに住んでいますか？」

「ん？　僕はこのお店の上に住んでるんだよ」

桜智が言うと、蓮は数歩後ろに下がり店の上を見上げ指さした。

「この、上？」

ボロいアパートなのできっと蓮は驚いただろう。

「うん。おんぼろだけど、僕の大切な場所なんだ」

桜智が説明するが、ふーんといった感じで反応は微妙だ。

ここは二階が住居で下が店舗になっている。築年数は相当で、半世紀はここに経っているはずだ。間取りも2DKで広くもないし、かなり年期が入っている。だが桜智はここで生まれここで育った。この地域の空気感や人が好きで、今もこうして祖母の店を継いで地域の一員として生きている。

「あそび行ってもいいですか？」

　このぼろ屋に遊びに行ってもいいかなんて言われると思わなくて、桜智は面食らってしまった。

「え、いいけど。狭いし、蓮くんの遊べるようなものはなにもないけどいいの？」

「はいっ」

　元気のいい返事に桜智は驚いたが、そんなに蓮が遊びに来たいならいいかなと思う。戸惑った顔をすると、今度は花城が口を開く。

「蓮、あまり桜智さんを困らせたらだめだろう？」

　やさしい声だがちゃんと叱っているとわかる。それに反応して、蓮もしょぼんとした顔になり「……はい。ごめんなさい」と頭を下げてきた。

「えっ、いいんだよそんなに謝らないで。大丈夫、困ってないから。なにもないけど、今度遊びにおいでね」

　桜智がにっこり笑うと、様子を覗うような表情をしていた蓮の顔がパッと花が咲いたような笑顔になった。

「は、はいっ」

　やっといつもの蓮の調子が戻ってきたようで桜智もホッとする。花城の顔を見て桜智は微笑を浮かべながら、叱らなくても大丈夫ですよと無言で伝えるように小さく頷いた。

「えっと、じゃあ、今度は椎茸と海老のしんじょう揚げを店に出す日が決まったら、連絡しますか？　よければですけど」

「え、いいの？　じゃあこれ……電話番号ね」

桜智は冗談で言ったつもりだったのだが、花城が喜んで釣り銭(せん)トレイの横にあるメモ帳に自分の電話番号を書き付けている。

「前日に電話をもらえたら飛んでくるので」

「そんなに急いでこなくても大丈夫ですよ。ちゃんと取っておきますから」

桜智は肩を揺らしてクスクス笑い、見た目とギャップのある花城の子供っぽい表情におかしくなった。

「では、今日はこれで」

花城が軽く会釈をして手に持った袋を少し持ち上げる。それを見て桜智も笑顔で頭を下げた。

「毎度ありがとうございました」

花城と手を繋いで歩いている蓮が振り返り「さようなら」と丁寧な別れの挨拶で手を振ってくれた。まだ三歳だとは思えないほど大人びているが、本当にかわいい。

「蓮くん、かわいいなぁ」

桜智は思わず声に出して呟く。すると隣の豆腐屋の店主、岩佐が顔を見せた。見た目は強面の岩のような顔で、名前も手伝って愛称はガンさんである。

「さっちゃん、最近よく買いに来るあの親子……花城の若頭じゃないかい？」

「え？」

思いがけないことを言われて桜智は驚いた。若頭……ということはヤクザだろうか。しかしあの花城はどう見ても極道の世界に生きているようには見えなかった。

（まぁ雰囲気のある人だなとは思うけど。花城さんが若頭？）

祖母からちらっと聞いたことがある。この辺りを仕切っているヤクザの話だ。地域住民は特に花城組を追い出そうとはしていないし、むしろ顔を合わせれば笑顔で挨拶をするし、地域の行事には率先して参加するようなちょっと変わった組だと。

地域のイベントに子供の頃から参加はしているが、誰が花城の組員なのか判断などつかなかった。それに相手がヤクザだからと桜智を組員から引き離すような親でもなかった。だから相手がどこの誰かはわからないまま接していたのである。もしかしたら花城とも子供の頃にあったことがあるのだろうか。思い出そうとしても桜智の記憶には残っていなかった。

豆腐屋の店主はここに店を出して長い。だから花城組の若頭の顔も知っているのだろう。

「確かそうだと思うよ。あののっぽのあんちゃんは、花城組の若頭だよ」

帰っていく花城の後ろ姿を岩佐と一緒に見送る。桜智にはとても信じがたいことだった。次に会ったとき違う目で花城を見てしまったらどうしようと、少し複雑な気持ちになってしまう。

桜智と岩佐は花城が通りの角を曲がるまで見送った。すると隣の豆腐屋に客がやってくる。岩佐は気づいていないようだ。

「ガンさん、お客さんが来たみたいだよ」

「おっといけねぇ。いらっしゃいませよ！」

岩佐が自分の店へと慌てて戻っていく。桜智も店に戻り仕込みの続きを始めた。しかし頭の中ではずっと岩佐の言葉が消えない。

(花城さんが、若頭……)

その日は店を閉めるまでずっと、花城組のシングルファーザーなのだろうかと、もやもやいろいろなことを考えてしまうのだった。


かの屋の休みは水曜日だ。休日は新しいメニューを考えるか、趣味の食べ歩きをする。

今日は近くのショッピングモールの中にオープンした「レガリス」という店まで足を伸ばしていた。創作料理店でランチの予定だ。

（確か二階だったよな）

平日の大型ショッピングモールの人出はそれほどでもない。休日ならきっとこの十倍は人が集まるだろう。人混みが苦手な桜智にとっては好都合だ。

人々の服装は春の装いで、心なしか楽しそうに歩いているように見えた。それは桜智も同じだ。分厚いコートから薄手のトレンチコートに衣替えしたばかりだ。桜智の足もどこか弾んでいて、春はいいな、と心の中で呟いた。

ショッピングモールの中をウィンドウショッピングをするように歩き、目当ての店の前に到着した。しかし桜智はぎょっとする。店外にまで長い行列ができていたのだ。

（うわぁ、並んでる。オープンしたばっかりだからなぁ）

人気店だと聞いていたので混んでいるだろうと思ったが、まさか長々と行列ができているとは想像しなかった。桜智は列の一番後ろに並ぶ。客層は女性が多いようだ。

ショーケースには様々な創作料理のサンプルが並んでいた。肉料理も多いが、今日のランチは鶏の唐揚げが添えられたリゾットのようである。

三十分ほど並んでようやく入店できた。中はそれほど広くなく、女性のお客さんでいっぱいだったが、桜智は気にすることなく着席して『四種のチーズリゾットと若鶏の香草唐揚げ添え』を注文する。

程なくして運ばれてきたワンプレートには、レタスやにんじんのサラダ、鶏の唐揚げは皮までパリッとしていてバジルのいい香りがする。中がクリーム状になったエポワスという丸いチーズにリゾットがかかっていた。食欲をそそるその香りを目一杯吸い込んでスプーンを手にする。

リゾットはいい感じにチーズが絡み、こんがり焼かれたパンと一緒に食べるとまた風味が変わった。鶏の唐揚げは香辛料がよく効いていて、リゾットのふんわりした味をきゅっと引き締めてくれる。男性には少し量が足りないかもしれないが、女性にはこのくらいがちょうどいいかもしれない。

(香辛料の効いた唐揚げ、うちでも出せるかな。塩麹(しおこうじ)やにんにくとかならいけそうだなぁ)

ランチプレートを食べながら桜智は唐揚げをメニューに加えることを考える。手羽先の唐揚げもあるが、食べやすいのは骨なしの方だろう。

(きっと蓮くんも美味しいって言ってくれるんじゃないかな)

桜智は蓮の喜んだ顔を思い浮かべて、帰ったら早々に試作品を作ってみようと思うのだった。

食欲が満たされた桜智は、ショッピングモールの中を少しぶらぶらしてから帰途につく。人が少ないこの時間は他の店を見て回るのにもちょうどいい。活気が好きな人は週末だろうが、桜智のように人酔いする場合は今日みたいな日がいい。だが特にほしいものはないから、なにも買うことなくそのままショッピングモールを出て駅の方へと向かう。車通りが増えてきて、陽も傾き始めていた。

（うわ、高そうな車……）

歩道を歩いていると、すぐ横を大きな黒塗りのベンツが通り過ぎる。思わず、わぁ、と小さく声を上げた。どこかの社長を迎えに来たのか、はたまたお金持ちの人がこれからショッピングでもするか、とそんなことを考えて一度だけ振り返った。そこで桜智の足は止まる。高級車に乗り込もうとしている男性は桜智の知っている人だった。

「花城、さん……？」

桜智の声は花城には聞こえない。花城も桜智には気づかないまま車に乗り込んでいった。普通の迎えならなんてことはなかったが、大柄で柄の悪そうな顔つきの男たちが車の後部座席の付近で花城の姿を隠すように立っており、テレビで見たことのある『組長を出迎えるヤクザ』のように見えた。

（もしかして、ガンさんが言ってた若頭って、本当なのかも……）

走り去る車の後ろを二台の黒い車がついていく。周りから見ても少し異様な空気がその周辺に漂っていた。途端に岩佐の言葉が真実味を帯びてくる。

（いや、もしかしたらどこかの社長なのかもしれないよね。本人に聞きもしないで思い込むのはやめよう）

勝手な憶測（おくそく）はよくない。人の噂に振り回されるのもいけない。桜智はそう思い直して駅へと向かった。

最寄り駅に着いたのはすっかり陽が暮れてからだ。夕食も行きつけのラーメン屋さんで済ませてきた。明日の仕込みの準備は粗方（あらかた）できているし、新作のレシピを考えるのにわくわくしている。

自宅アパートに到着して階段を上ろうとしたとき、花屋の店主と鉢合わせた。

「あ、こんばんは。日課のウォーキングですか？」

「こんばんは。そうそう、運動は大切よ。さっちゃんお出かけだったのかね？」

「あ、はい。ショッピングモールに新しい飲食店がオープンして人気だっていうので行ってきました」

「いやあ、まめだねぇ。きっと新作の惣菜が出るんだろうね」

「それはまだわからないですけど。花菱（はなびし）さんはいつも元気ですねぇ」

花屋の花菱は店を閉めてから毎日ウォーキングを日課にしているのは知っている。もう七十代後半の男性だが、常々健康に気を遣っているらしい。聞けば毎朝欠かさず青汁を飲んでいて、それ以外にもいろいろしているそうだ。

「うん、歩くのは全身運動だからね。そういや大家さんからこのアパートの話を聞いてる？」

世間話が終わると思いきや、首にかけたタオルで滲んだ汗を拭いている花菱が聞いてくる。

「アパートのこと、ですか？　なにかあったんです？」

「そうか。出かけていたから聞いてないのかな？　なんかね、このアパートも老朽化が進んでいるから、取り壊しするって聞いたんだよ」

「え!?」

桜智の声が静かな夜の住宅街に響く。青天の霹靂である。

「そりゃもうこのアパートは見るからに古いし、建物の基礎部分にガタがきてるとなっちゃ……このまま放置も無理だろうしねぇ」

花菱が憂いを帯びた顔でアパートを見上げる。二階の階段は廊下の電球が切れているのか暗い。外壁も二階の廊下の柵も見れば見るほど古かった。

「そうなんですか……修繕(しゅうぜん)ではもうだめなんですかね。花菱さん、お店はどうされるんですか？」

「私ももう歳だからね。ここがなくなるならもう終わりにしようと思っているよ。年金暮らしだな。でもさっちゃんのところは移転して再開できるんじゃないかい？　人気があるからねぇ、お惣菜」

「あ～そうですね」

立ち退(の)きとなると諸費用は出るだろう。しかし桜智にとってお金の問題ではない。この場所にあるかの屋を失うのが、どうしようもなく切ないのだ。祖母と両親の思い出はすべてこの建物に染みついている。それがなくなるなんてどうすればいいのか。

「取り壊してそのあとは……どうするんですかね？」

桜智もアパートを見上げながら呟く。花菱がいうには、この辺りの地主であるアパートの大家が、一体を更地(さらち)にして売るというのだ。確かにかの屋がある一帯はどの建物も老朽化している。周りに新しい建物が建つたびにこの辺りだけ時間が止まったように感じることは多々あった。

「まあ、説明会をすると言ってたから、そのうち連絡があると思うよ。それじゃあ、もう行くよ。おやすみ、さっちゃん」

花菱が軽く手を上げて自宅のある方へ歩いて行く。桜智も「おやすみ」と言って見送り、ふう、とため息をついた。

今はシャッターが降りているかの屋の店先に立つ。シャッターの上部分には『かの屋』と黒文字で書かれた、ダークブラウンの大きな木製看板が存在感を放っている。味のあるこの看板は祖母の前の代から受け継いだもので、今は桜智が大事に守っているものだ。

この看板を下ろすのが自分の意思ではないことに胸が痛む。まさかこんな形で……と、桜智は気持ちが沈んでいくのを感じながらアパートの階段を上る。踊り場まで来たとき、狭い廊下の薄暗い明かりの下になにかがいるのに気づいた。

（なに？　なにか置いてある？）

黒い塊が扉の前に置いてあるように見えた。丸くてボールより大きく、黒いゴミ袋かと思った。しかし近づくとそれは小さな子供で、その子は膝を立てそこに顔を伏せて蹲って（うずくま）いるのだ。このアパートに三、四歳の小さな子供は住んでいない。

「君、どうしたの？　どこから来たの？」

桜智が声をかけると、その子がゆっくりと顔を上げる。顔は涙で汚れているが見覚えがあった。

「え？　蓮、くん……？」

「ふ、ぇ……うぁあぁぁあん！」

蓮は桜智の顔を見た途端、大声を上げて泣き始めた。驚いた桜智は蓮に駆け寄り、なにがあったの？　どうしたの？　とオロオロしながら聞いても、蓮は泣きじゃくるばかりだった。桜智はとりあえず家の中で話を聞こうと思い、蓮を部屋に入れて落ち着かせることにする。

「パ……パが、うっ、うっ、けが、ち、て……っ。それで、さっ、さっちゃんの、げ、んき、ミト、ボール、食べたら、よくなる、って」

玄関先で立ったまま、蓮がしゃくり上げながら必死に話してくれる。しかしそれでも蓮の言っていることは理解できた。

「え？　パパが怪我って、花城さんが怪我をしたの？」

桜智が聞くと、蓮が小さく頷いた。しかしつい数時間前に車に乗り込むところを見たばかりだ。そのあとに交通事故かなにかに遭ったのだろうか。

「それで、蓮くんはここに元気ミートボールを買いに来たの？」

桜智が問いかけると、蓮がまたコクリと頷く。その拍子に大きな瞳からぽろっと涙がこぼれた。長い睫も濡れていて、痛々しいほどの泣き顔に桜智は同情を誘われる。

「わかった。ちょっと中に入ろう。お顔、拭こうね」

涙で汚れた顔をなんとかしなければと、蓮を部屋の中に入れる。素直に靴を脱いで蓮が部屋に上がり、あれほど遊びに来たがっていた場所なのにその顔は浮かない。

桜智は蓮をかわいそうにと思いながら、濡れたタオルを持ってきて汚れた顔を拭いてやった。もうしゃくり上げて泣いてはいないが、ずっと下を向いたままで浮かない表情だ。

「元気ミートボールを容器に詰めるから、一緒におうちに帰ろう？　おうちの人になにも言わないで来たんでしょう？」

「……はい」

「ならパパもママも心配してるから、ね？」

桜智の言葉に蓮の顔がふっと上げられる。そして「ママはいないです……」と寂しそうに蓮が答えた。その返事にはっとして蓮を傷つけたかと思い、申し訳なくなった。

「そっか。ごめんね。じゃあ、すぐに準備するから待っていて」

蓮をテーブルのある場所まで連れて行き、座布団の上に座らせた。それでようやく落ち着いたようで安心する。マグカップにココアの粉を入れて牛乳で割り、スプーンで粉が溶けるまでかき混ぜる。牛乳がココアブラウンになるのを見つめながら、こんな夜に一人でやってきた蓮がどれほど追い詰められているのかと考えた。

昼間に何度も父親と来たはずの道だが、夜の人気のない通りを一人で歩いてくるにはかなり勇気がいるはずだ。桜智は牛乳とココアの粉が混ざったのを確認して、蓮の前にそっと出す。

「……あいがと、ござ……ます」

　鼻声の小さな声で丁寧な礼を言われた。

「いいえ、どういたしまして。これを飲んで少し待っててね。僕はミートボールを取りに行ってくるから」

　容器を持って一階に続く階段を降りる。業務用冷蔵庫にしまってあるミートボールを小さめの容器に詰め替えた。もうひとつの容器に肉じゃがも入れる。花城がよく買っていくラインナップに入っているのだ。

「お待たせ、準備できたよ」

　二階に戻ってくると、さっき座ったときと同じく正座のままでココアを飲んでいる蓮と目が合った。本当に礼儀正しい。こんなときくらい足を崩していいのにと思ってしまう。家庭での躾がきちんとしているのだな、と桜智は感心するばかりだった。

「行こうか」

「はい」

　蓮がマグカップをテーブルに置いて立ち上がろうとした。しかし足が痺れていたのか、そのまま前に転んでしまう。

「あっ、うう……」

「蓮くん、大丈夫？」

桜智は紙袋を一度下に置き、蓮のところへ駆け寄る。ふくらはぎを撫でて血行を促してやる。

「……チクチクちます」

「そうだね。痺れちゃったね。大丈夫、すぐによくなるよ」

蓮の両脇に手を入れて立たせてやる。足踏みを何度かして「あ、痛くなくなった」と蓮が桜智を見上げる。にっこり笑って桜智は頷き、蓮の手を握って玄関まで行く。

「蓮くんのおうち知らないから、僕に教えてね」

「うん。あ……はい」

「ふふ、そんなに丁寧に話さなくていいよ」

桜智がそう言っても、蓮は少し不思議そうな顔をするだけだ。蓮が自分でちゃんと靴を履き、つま先をとんとんと三和土（たたき）に打ち付けている。

（話し方もしっかりしているし、靴の左右も自分で理解して履けるなんて偉いな）

桜智は蓮の様々な部分を見て感心してしまった。そして玄関の鍵をかけて蓮と二人でアパートをあとにする。きっと蓮の家では姿が見えなくなったと大騒ぎだろう。もしかしたら警察に通報されている可能性がある。

（僕が誘拐したってことになる可能性が……あるよね）

そう考えて気づいた。少し前、椎茸と海老のしんじょう揚げを作ったら連絡すると言ったとき、花城が電話番号を教えてくれたのだ。そうだそうだ、とスマホを操作してアドレス帳から番号を探す。蓮と一緒に歩きながら、発信をタップして電話をかける。しかし呼び出しはするものの繋がらないし、留守番電話にもならない。

（ん〜もう少ししてからかけようかな）

桜智はスマホをジーンズの尻ポケットにしまう。手を繋いでいる蓮は、桜智を引っ張るようにして歩いていて、その様子からかなり焦っているのがわかる。もしかしたら花城はかなり重篤な状態なのだろうかと想像して背筋が冷たくなった。

（花城さんとしばらく話せなくなるのは……寂しいな）

店の常連さんで店主と客という関係性だが、店先で話すあの時間は桜智の楽しみでもあった。花城の姿を見ると、なぜか体温が上がる感じがした。来店しない日は来なかったことに気落ちしたり、明日は来るかな、と楽しみにもしていた。だから花城の状態が心配で仕方がない。

「蓮くん、もう少しゆっくり歩こう？　転んじゃうよ」

「だ、だめです……。早く、パパに、パパに……」

息を弾ませながら桜智を振り返り、蓮の足は止まらない。さっきまでべそべそしていたのに、今はなんだか逞(たくま)しくも見えてくる。

「うんうん、わかったよ。じゃあ急ごうね」

蓮が転んでも大丈夫なように手をしっかりと握り、桜智は歩調を速めるのだった。

蓮に引っ張られながら歩くこと数分。商店街を抜けてさらに住宅街へと入る。ぽつぽつと街灯(がいとう)はあるが、ほとんどは暗い道だ。そんな中をこんなに小さな子が一人で歩いてきたなんて信じられない。

今も桜智の手を引っ張って誘導している蓮の後ろ姿を見ながら、抱きしめたい衝動に駆られていた。そうして案内された蓮の家は、桜智が想像していたものとはかなり違っていた。

「嘘だろ……」

その家を目の前に、桜智は思わずそう呟いたのだった。

桜智の目の前には見たことのない大きな日本家屋がある。この近所にこんな大きな屋敷があったのか、とそのことにまず驚いてしまう。

黒い鉄製の大きな門を囲むのは太い木の柱と重厚な瓦屋根だ。その両脇は大きな石が積み上げられたような、要塞(ようさい)の壁を思わせる塀が続き、中をうかがい知ることはできない。塀の上には鉄製の忍び返しがずらっと並び、中に入るのは容易でないと知らしめているようだ。他に見えるのは木々の向こうの屋敷の屋根と無数の監視カメラだが、その規模たるや、桜智の想像の範疇(はんちゅう)を超えた。

「れ、蓮くん……本当にここ？」

「はい」

蓮が返事をして、桜智の手を引いて大門の横にある小さな扉の前に連れて行く。そこにはインターフォンがあり「それを押してください」と言われた。

（本当にいいのかな……）

若干不安に思いながらも、桜智はインターフォンを押した。カメラがついているので、こちらの状況は見えるだろう。しかし背の低い蓮の姿が見えないかもしれないと思い、桜智はカメラで見えるであろう位置まで蓮の体を持ち上げる。

「これで見えるかな」

桜智の行動を蓮が不思議そうな顔をしている。それでも桜智だけしか映っていないと開けてもらえないような気がしたのだ。

（それにしても大きな家だな。こんな豪邸だと思わなかった）

インターフォンの反応を待ったが応答がない。まさか留守というわけでもないだろう。もう一度押そうと手を上げたとき、扉の錠（じょう）がガチャンと外れる音が聞こえた。よかった、誰かいたんだと思った桜智は中から出てきた人を見て固まった。

「坊（ボン）！」

扉を開けて出てきたのは二十代の金髪男で、首には金のネックレス、赤のアロハシャツに膝丈のジーンズの裾は解（ほつ）れている。足元はビーチサンダルで、チャラいを代表したような風体の人間だった。

「とちおくん……」

「蓮坊（ぼっ）ちゃん……なんで家を抜け出すんすか～」

男が蓮をぎゅうぎゅう抱きしめ、顔を真っ赤にして目には涙を浮かべている。桜智はなにも言えずにその光景を見つめたまま立ち尽くしていた。

「もしかして、あんたが蓮坊ちゃんを誘拐したんじゃねーだろうな？」

蓮を抱いていた男が鋭い眼差しを桜智に向けてくる。男はすぐさま背後に蓮を隠し、悪者は桜智という構図ができあがった。

「いや、僕は誘拐なんて……っ」

「なら、なんで蓮坊ちゃんと一緒にいんだっ！」

男が凄んだことで桜智は怖くなって一歩二歩と下がる。すると男の後ろに隠れていた、蓮が桜智の前に立って両手を広げて男を睨み上げた。

「だめです！　さっちゃんをいじめちゃだめです！」

蓮の声は大きくて建物に反響する。健気にも小さな体で庇ってくれる蓮に少し感動だ。

蓮の言葉に男も驚いてきょとんとしていて、桜智は自分と蓮の関係、そしてここに来た経緯をその男に話した。

桜智が説明を終えると、男の顔が驚いたような表情へとみるみる変わっていく。そして「あー！」と大きな声を上げて桜智を指さした。

「あの、かの屋の人!?　マジ！　いつもすっごい美味い惣菜、食わしてもらってます！」

「え!?」

まるで子供のようにうれしそうにそう言い、桜智の左手を取って勝手に握手をしてくる。その雰囲気に押されて桜智はまたじりじりと後ろへ下がっていく。背中は塀に当たり、仕方なく苦笑いで答えた。

「は、はぁ……そう、ですか」

この人は蓮の兄なのか？　と考え、そうなると花城の息子になるのか……と桜智の頭の中はパニックである。とにかくこの手土産を渡そうと思ったが、続いてもう一人男が顔を出した。

「おい、時雄。門を開けっぱなしでなにやってんだ、こら」

スキンヘッドで鼻の下に髭をたくわえ黒いサングラスをかけた、いかにもヤクザな雰囲気の男である。これは完全に花城の息子でもなんでもないだろう。親戚一同がここに住んでいるとも思えない。

（待って、ここって一体なんなんだ!?　やっぱり組事務所!?）

桜智の不安はどんどん膨れ上がる。しかし蓮の家には違いなさそうなので、その点は安心したが……。

「なんだ、あんた」

サングラスの奥からじろっと睨まれて、桜智はひっ、と息を飲んだ。そして脳裏に岩佐の言っていた言葉が蘇る。

――さっちゃん、今のって……花城の若頭じゃないかい？

駅前で黒塗りの車を見たときに、岩佐の言葉を思い出して花城がヤクザかもと思った。

憶測はいけないと思い直したが、今の状況を考えたらあのときの岩佐の言葉がさらに真実味を増した。このチャラい男だけなら兄かと思えば考えられなくもない。しかし二人目の男の説明はできない。

「やっさん、この人あれですよ。かの屋の店主さん。蓮坊ちゃんを連れてきてくれたんす」

「ああ、あのかの屋の。いつもお世話になってます」

スキンヘッドの強面な男がひょこっと頭を下げた。それに驚いて桜智もつられて頭を下げる。

「時雄、いつまでも客人をこんなところに立たせてるんだ。中にご案内しろ！」

「は、はい！　あの、かの屋さん、中にどうぞ」

頭を下げたチャラい男が右腕を室内の方へと向ける。中へどうぞと言っているようだ。

蓮を家に送り届けて、花城の容態を聞いて、玄関先でこの惣菜を渡して帰るつもりだった。それなのになんだか予想外の方向に進んでいる気がする。

「あの、僕は別に……これ、花城さんに渡してもらえたら、それでいいんで」

「だめっす。客人はきちんともてなすようにと、オヤジからも強く言われているんす！」

だから早く入ってください！　と言われて引けなくなってくる。そのとき、桜智の服を引っ張る蓮に気づいた。早く入ろうよ、とそんな顔である。

（あ～これは、帰れないパターンかなぁ）

　手土産を置いて強引に帰れるような気がしなくて、桜智は仕方なく門を潜った。建物の入り口までは黒い高級感のある石畳の長いアプローチが続いていて、その両側には様々な植物が植えられている。桜智が見てわかるのは紅葉と、石積で囲まれて植えられている桜くらいだ。地中に埋められた庭のライトが辺りをいい雰囲気に照らし出していた。

（すごく大きな家だ）

　アプローチを進みながら緊張が高まっていく。建物の入り口までやってきて扉の巨大さに驚く。特注なのか桜智の身長を遥かに超える重厚な鉄の扉である。それを見上げていると目の前で扉が開かれた。

「かの屋さん、こっちっす」

　時雄と呼ばれていた男性に声をかけられ、口を開けて扉を見上げていた桜智は我に返る。玄関に足を踏み入れると左側に大きな虎の剥製が鎮座していて、思わず「ひっ」と声を上げて驚いてしまった。

　玄関の正面はまるで旅館のような広い土間に式台と上がり框、その先の玄関ホールは磨かれたフローリングだ。玄関ホールの正面にかけられてあるのは木製の分厚いプレートで、掘られた文字には墨が入っている。そこにはこう書かれてあった。

「五代目、花城親和会……」

岩佐の言っていたことは本当だった。桜智はその表札に目が釘付けになる。花城はやはりヤクザなのだ。とんでもないところに来てしまったと思ったが、今さら引き返すわけにはいかない。動揺を隠しきれないでいると、桜智の服をしっかり掴んだ蓮が不安げな顔でこちらを見上げてきた。

(子供には……罪はないんだよな)

そう考え直し、三和土で靴を脱いで玄関ホールに上がった。その横で蓮も靴を脱ぎ、それを丁寧に揃えている。桜智も見習って自分の靴を揃えた。まさか子供の行いで気づかされるとは、大人として恥ずかしい。

「さっちゃん、こっちです」

先に上がった蓮が桜智を案内してくれるようだ。言われるがままについていくが、後ろを時雄ともう一人のスキンヘッドの男もついてくる。まるで見張られているようで気が気じゃない。

長い廊下は磨き上げられていて、左側には庭に出られるガラス戸があり、その手前には厚いカーテンが引かれている。廊下を進むとカーテンの裾がゆらゆらと揺れた。

蓮の足がひとつの部屋の前で止まると、障子(しょうじ)の閉まった部屋の前で、板張りの廊下にきちんと正座している。それに習った男二人も同じように部屋の方に向かって正座だ。立っているのは桜智だけで、自分も座った方がいいのかな、と迷っているうちに蓮が話し出す。

「パパ、僕です、蓮です」

部屋の中に聞こえるような声量で言い、そのあとすぐに室内から返事があった。障子に手をかけてスーッと引く。

「パパ、大丈夫……ですか」

障子は蓮が開けた少しの隙間しかなく、桜智にはまだ部屋の中が見えなかった。恐らくここが花城の寝室なのだろう。

「大丈夫だよ。入っておいで」

「……はい」

さっきまでハキハキと話していた蓮の声が、なぜか小さくなり自信を失っていた。その声音には心細さが滲んでいて、桜智も不安になってくる。

すくっと立ち上がった蓮が障子を大きく開けていく。桜智が入れるようにしてくれているようだ。まだ小さいのにまるで大人のように気を遣う蓮をすごいと思う反面、どことなく不憫(ふびん)な気がしてならなかった。

「お客さんか……？　え、桜智さん？」

ベッドの上に座るのは浅黄色の着物姿の花城だ。ベッドテーブルが置かれたその上には、ノートパソコンの他に複数の書類が見えた。

「こ、こんにちは」

桜智は動揺しながらも、なんとか笑みを浮かべて挨拶をする。

和室の広い部屋の真ん中に大きなベッドがひとつあり、桜智たちが入ってきた障子と向かい合うように、桜吹雪の柄の襖が目に飛び込んでくる。そこに描かれた美しい桜は、幻想的に花びらを散らせていて絵画のようだった。

室内の照明は落とされていて、ベッドの両脇に和風のサイドライトが辺りをふんわりと照らし出している。雰囲気のある広い和室は、まるで旅館のような感じだった。

ベッドの上で座っている花城を見た蓮が、急いだ様子でベッド脇まで走って行く。

「パパ、お仕事はだめです……」

花城の手をぎゅっと握って、訴えるようにそう言っている。申し訳なさそうな表情で蓮に謝っている花城の様子からして、きっと何度も蓮から言われているのだろう。

「そうだな。これをチェックしたら横になるよ。それでいいか？」

「……はい」

心配そうな蓮の眼差しは花城に向けられていて、蓮はベッドにもたれかかり花城にしがみつくようにしている。手の届くところにきた蓮の頭を花城が撫でていた。

「それで、桜智さん。どうしてこちらにいらっしゃったんですか？」

父親の眼差しと表情で蓮を見ていた花城だったが、桜智に向き直ったときはやさしげな雰囲気は消えていた。惣菜を買いに来るときと違い、どこか凄みのある声と表情にドキッとする。

「あ、あの……えっと……、その、花城さんが怪我をしたからって……蓮くんがうちに来て……」

「僕が、さっちゃんを連れてきまちた。元気ミートボール……食べたら、パパは元気になるから」

頭を上げた蓮が不安の入り交じったような笑顔で言っているのを、花城が驚いた顔で見ている。

「蓮が……桜智さんを連れてきたのか？　一人で？」

頷く蓮を見て「そうか、ありがとう」と花城がふわっと微笑んだ。父親のやさしい顔だ。

「それじゃあ、桜智さんと少し二人でお話するから、蓮はお部屋に戻って待っていてくれるか？」

「……はい」

「大丈夫。ちゃんと元気ミートボールを食べるよ。夜も遅いし、蓮は寝る時間だろう？」

花城の説得に納得した蓮がベッドから離れる。

「おやすみなさい、パパ」

「はい、おやすみ」

きっちりと頭を下げて寝る前の挨拶をした蓮が、桜智をちらっと見てから部屋の反対側の桜の襖を引いて部屋を出て行った。広い和室がシン……と静まり、桜智の緊張はますます高まっていく。

「時雄、靖一。蓮の言ってたことは本当か？　こんな遅い時間に一人で外に出て桜智さんのアパートまで行ったのか？」

花城の声に緊張と怒りが滲んでいるのが桜智にもわかる。部屋の中、閉められた障子の前に正座する二人の肩が強ばっていた。太ももに置かれた両手は拳に握られていて、二人とも下を向いて花城を怖がっているように見える。

（花城さんって……やっぱり怖いヤクザなのかな……）

桜智の視線は所在なさげに右に左に彷徨った。辺りの空気はピリッと肌を刺すようでいたたまれなくなる。

「自分が目を離した隙に、お部屋から出られて……それで裏の勝手口から抜け出してしまったようで……」

靖一と呼ばれたスキンヘッドの男が声を震わせながら答えている。体つきもよくて顔も強面なのに、そんな人が怯えている様子は見ていられない。

「目を離した隙に？　お前の目は節穴か？　蓮のことは任せたと言ってあった。ここから抜け出したのを報告もしなかった。それはどういうことだ？」

「若の怪我に障ると思いまして……それで黙っていました。すみません……」

靖一の姿がみるみる小さくなっていくように見えて、このあとどんな風に花城が彼を叱るのかと桜智は息を飲む。

「もういい。取り返しのつかないことにならなくてよかった。桜智さんに免じて今回だけは許す。靖一、次はないぞ」

「……はい」

靖一が頭を下げ、下がれという花城の言葉に返事をして立ち上がる。もう一度頭を下げて、逃げるように桜の襖を開けて部屋の外へと出て行った。もちろん靖一の後ろを時雄もついていく。残された桜智はどんな顔で花城と向き合って話せばいいのか悩む。とりあえず花城が話しかけてくるまで、手に持っている紙袋の持ち手をただひたすら見つめていた。

「桜智さん」

「ひゃいっ！」

　驚いて返事をしたため噛んでしまった。みるみるうちに顔が熱くなり、桜智は赤面して俯く。花城がそれで笑ってくれればこちらも笑えたのに、ちらりと見ればその顔は真剣そのものだった。

（あ、包帯……）

　和服の胸元から白い包帯が痛々しく顔を覗かせている。普通にベッドに座りテーブルにパソコンを置いて仕事をしているように思うが、蓮が泣くほどの怪我人なのだ。

「あの、すみません。突然こんな夜にお伺いしちゃって……。これ、蓮くんの言ってたお惣菜です」

　ベッド脇のテーブルに紙袋を置くと、桜智は一歩引いて体の前で手を組んだ。

「申し訳ないです。なんだか……いやな思いをさせてしまいました。蓮を連れてきてくれた恩人で見舞いまでもらってしまって……ありがとうございます」

　かの屋に客として来ているときの砕けた話し方とは違っていた。どことなく花城と距離を感じて残念に思うが、今はそこを気にしている場合ではない。

「いえいえ、とんでもないです。なにより蓮くんが無事でよかったです。ぼくの部屋の前で待っていたときはすごく驚きましたけど。それで、花城さん、怪我の具合はどうなんですか？　一体なにが……」

なにがあったんですか、と聞こうとして言葉が止まる。極道の人間が怪我をするのはそれなりに問題があるのでは？　と気づいたのだ。

（いやでも、事故の可能性だって……あるよな？　待てよ、その事故も偶然じゃないかもしれないし……）

決めつけはよくないと思いつつ、しかし抗争の二文字が頭に浮かんで足が震えた。

「入院するほどじゃないから大丈夫ですよ。車から降りたところで、ナイフを持った人間に襲われまして……。油断をした私も悪いんです。でも傷はたいしたことないので。それなのに大げさに包帯でぐるぐる巻きにされてしまったんです……」

「そう、なんですか……」

桜智が困ったような笑みを浮かべると、花城も同じように困った顔で笑みを浮かべて桜智を見た。

「お客様を立たせたままで申し訳ないですね。そこの椅子を持ってきて座ってください」

「あ、はい……」

話はまだあるから、と言われたような気がした。怪我の具合を聞いて、お惣菜を渡してすぐに帰るつもりだったのに、どうやらそれはできそうにない。

（椅子はいいですって……断るのも変だよなぁ）

桜智は畳用の椅子を手にしてベッド脇へ持ってくる。そこに腰かけたが、その座面があまりにふわっとしていて、思わず体が後ろに傾いていく。背もたれがあったので椅子から落ちることはなかったが、一部始終を見られて照れくさい。

「大丈夫ですか？」

花城に声をかけられて、はい、と返事をしながら座り直す。さっきからみっともないところを見られてばかりで身の置きどころがなくなってしまう。想像以上に緊張しているようだ。

「もしかして、私の素性を知らなかった……とかじゃないですよね？」

「え、あの……それは……」

岩佐との会話で、そうかもと思っていたし、駅前で見かけたときもそうだった。だから蓮にこの場所を案内されたとき、やっぱり……と思った。それまではシングルファーザーだと思っていたのは事実で。とはいえ、花城がヤクザだと知っても、不思議とそこまで恐怖はなかった。

「なるほど、さっきこの家に来て知ったって感じですか？　それは……驚きますよね」

参ったな、というように困った顔で微笑む花城は、惣菜を買いに来ていたときとそう変わらない。

「あ、驚きましたけど、でもその……なんというか……」

「いや、いいんです。知らなかったのに突然ここに連れてこられたら誰だって驚くと思うので。それよりよく玄関で逃げ出さないで入ってきましたね」

「それはまぁ、蓮くんが花城さんのいる場所まで案内するっていうので、ついてきた感じで……」

本当は玄関先で惣菜を渡して帰るつもりだったが、蓮にあんなすがるような目で見られれば振り払って帰るなど桜智にはできなかった。

「蓮か。あの子は君のことを好いているから、無理なことを言ったようで……」

「あ、いえ、無理とかはないんですけど。でもミートボールを作っておいてよかったです。他にも花城さんのお好きなお惣菜を入れておきました」

ここにきてようやく桜智の顔に笑顔が戻る。やはり緊張で顔の筋肉が強ばっていたようだ。その様子を見て心なしか花城もホッとした顔になったように思った。

「気を遣わせてしまって申し訳ないです」

「そんな、いいんです。蓮くんから花城さんのことを聞かされて心配しましたし、お見舞いもできてよかったなと思っているので。あんなに取り乱して泣いている蓮くんを見たのは初めてだったので、そのぶん花城さんの容態が心配でした」

寝たきりで意識がないのかとも思っていたから、ベッドの上とはいえ座っているし、仕事もできているみたいで安堵したのだ。

「蓮はそんなに泣いたんですか」

「かなり、心配していました。だからお宅に伺うのも正直……不安というか、怖くて……」

心のままに気持ちを話すと、花城の口元に笑みが浮かび先ほどよりもやさしげな表情になった。黒い瞳で見つめられると妙にドキドキしてしまい、桜智は思わず視線をそらしてしまう。

「見ての通り、座って仕事ができるくらいには軽傷です。安心しましたか？」

「はい。よかったです。あの、花城さん……なんだかうちに来ているときと雰囲気が違いますよね。その……話し方、ですかね？」

「ああ、かの屋さんに伺うときは側にいるのが蓮だけですので、あちらが素に近いですね。ここには私以外の者もいますし、今は桜智さんはお客様ですから」

「うちに来て話しているときの花城さんの方が、僕は好きです」

桜智がそう言ったとき、奥の桜の襖がすすーっと音もなく引かれ、その隙間から蓮が顔を覗かせた。花城の視界には入っていなくて気づいていないようだった。

「……お話ち、まだですか？」

消えそうな声で蓮が聞いてくる。それに気づいた花城が振り返ると、蓮はさっと襖の陰に隠れた。部屋に戻っていなさいと言われたのに、こうして襖を開けたことで叱られると思っているのだ。

「蓮か？　そんなところでどうした？」

「……パパ」

しょんぼりしたような蓮の声に、桜智は胸がきゅっとなる。かわいすぎるのだ。

花城が手を伸ばすと、少しだけ開いていた襖の隙間が大きく開き蓮が部屋に入ってくる。

「こっちにおいで」

普通なら開けっぱなしなのに、こんなときでもちゃんと入ってきた襖を閉めることを忘れない。

（本当にできた子だなぁ。花城さんの躾が行き届いてる証拠だな）

蓮がもじもじしながらベッドをぐるりと回って桜智の座っている方へ歩いてくる。座る場所がないから桜智が椅子の端を少し空けて、ここに座る？　と聞いたが蓮は首を振った。

どうやら花城の側に寄りたいらしい。

「パパ、元気ミートボール、食べまちたか？」

サイドテーブルに置いてある、桜智が持ってきた惣菜の入った袋を蓮が指さす。

「いや、まだ食べてないよ」

「……食べてほちいです」

不安そうな眼差しに少し涙が浮かんでいる。蓮がどれほど花城を心配しているかがわかった。パパがいなくなればどうすればいいの？　とそんな蓮の気持ちが伝わってくる。

花城の大きな手が蓮の頭に乗せられた。彼のやさしい視線が蓮に注がれ、わかったよ、と花城が言う。

「桜智さん、これ今ここで食べても大丈夫かな？」

「え、あ、はい！　一応、お箸も入れてきたんです。出しますね。あ〜でも、温めた方が美味しいかもしれないんですけど、どうしますか？」

花城の、急に砕けたような話し方にドキッとした。ほんの数秒前に桜智がそうしてほしいと言ったからだろう。それなのに変に動揺してしまって恥ずかしい。

その照れくささを隠すように、桜智はサイドテーブルに置いた紙袋を慌てて手に取った。その中に入れてある保存容器を取り出して自分の膝に置いた桜智は、蓋は開けないで花城に聞く。

「ああ、そのままでいいよ。冷めても桜智さんのところのお惣菜は美味しいから」

　自信満々の顔をして言われ、桜智は照れくさくなって頬を染める。店に来る客からも褒められることは多いが、花城に言われるとなぜだかこそばゆくなってたまらない。

「じゃあ、えっと……このまま、ここで……」

　桜智はどぎまぎしながら保存容器の蓋を開け、割り箸を袋から出して割る。その容器ごと渡そうとすると、目の前でぱっかりと花城が口を開けた。

「え？」

　桜智は花城の顔を見てぽかんとしてしまう。口に入れて、と花城がしていることに気づいたのは数秒後だった。

（もしかして、あーん……してる!?　食べさせろってこと!?）

　あまりに無防備に口を開けている花城がかわいく見えて、思わず口元に笑みが浮かんでしまった。そんな二人の様子を蓮が交互に見ているものだから、余計に羞恥で頬が熱くなる。

「今、片腕は使いづらくて……食べさせてもらうのは、だめかな？」

　花城が申し訳なさそうな顔で、そして少し照れくさそうに笑いながら言う。

「あ！　そ、そうですよね！　怪我されてるんだし、そうですよね！」

　なにを勘違いしてたんだと、今まで以上に顔が熱くなった。ここに来てずっと体温が上がりっぱなしな気がしている。初めは緊張でガチガチだったのに、花城のやさしげな視線に晒されてからおかしい。

（なんだろう、なんでこんなにドキドキするんだ？）

確かに花城はその辺の男性よりは魅力的だ。目つきは鋭いがその中の瞳はやさしく桜智を見つめてくる。シャープな顎は指でなぞりたくなるくらいになめらかで、笑うと口角がきゅっと上がる唇は、薄いけれど冷たさを感じさせない。

髪はいつもスタイリングされているが、今日はベッドの上で額が隠れるくらいに前髪を下ろしている。オフのその印象が普段と違っているから桜智の気持ちを高揚させているのかもしれない。

桜智は慌てながら容器の中のミートボールを箸で挟んだ。だがいつもならちゃんとできるのに、今日は手がいうことを聞いてくれない。挟んだはしからコロコロと容器の中で逃げていく。

「あれ？　っと……ありゃ？」

何度やってもミートボールは逃げていき、桜智はますます焦ってしまう。

「……っく」

花城の笑いを我慢するような声が聞こえて、じわ～っと頬が熱くなった。笑われてしまって、思わず唇を噛む。

「そのミートボールは元気だな」

「そうですね……よっと、はい、捕まえました」

箸で挟んだミートボールを花城の方へと差し出す。距離があるので椅子から立ち上がり、前屈みになり花城の口にミートボールをぽんと入れる。

「ん、美味い……やっぱり、桜智さんのところのは美味しいな」

ゆっくりと咀嚼(そしゃく)する花城がうれしそうな顔でそう言う。傍で見ている蓮の目が期待に満ちていて、花城をじーっと見つめていた。

「パパ、おいちいですか?」

「うん、最高だよ。これで怪我もすぐ治る」

花城が親指を立ててウィンクをして見せた。それが本当にうれしかったのか、蓮は満面の笑顔だ。

「蓮くんも食べる?」

桜智の言葉にパッとこちらを振り返る。このミートボールが好物なのは蓮の方だ。容器の蓋を開けてから、部屋の中に食欲をそそるようないい香りが広がっている。蓮が食べたそうにしているのは気づいていた。

「……いい、ですか？」

蓮の視線が花城の方へと向かう。無邪気に食べたいと言って口を開けてもいいのにと思うが、きっとマナーは守りなさいと教育されているのだろう。

「いいよ。でも一個だけだぞ？　食べたらちゃんと歯を磨いて寝ること。いいね？」

「はいっ」

蓮が笑顔で桜智を見上げてくる。そして小さな口を目一杯大きく開けてあーんをしてきた。そのかわいさに胸がきゅーっとなり、桜智はミートボールを箸で挟んでその小さな口にミートボールを放り込む。

「ん〜〜〜っ」

蓮が自分の両頬を両手で押さえて、ぎゅっと目を閉じてミートボールを味わっている。小さな頬がもこもこと動いて、ひと噛みごとに味わっているようだ。

「美味しい？」

桜智が聞くと、口の中身をごくんと飲み込んだ蓮が、目をキラキラさせながら大きく頷いた。

「おいちいです！　パパ、元気でまちたか？」

「元気になったよ、蓮。これぜーんぶ食べたらすぐに治ると思う」

花城がそう言うと、ベッドによじ登った蓮が花城の腕に抱きついた。

「蓮？　どうした？　ミートボールですぐによくなるよ」

花城の腕にしがみついたまま蓮が頷いている。一人で夜の道を歩いて桜智の店まで来るほど心配していたのだから、花城の言葉がよほどうれしかったのだろう。そんな姿を見て桜智はほっこりしてしまう。

「さあ、蓮。もう寝る時間だ。ちゃんとミートボールを食べたからパパはすぐによくなるぞ」

「はい」

納得したように蓮が花城から離れてベッド脇に立った。目元が少し赤くなっていて、手の甲で何度か目を擦っている。それを花城が擦りすぎだよと止めた。蓮は泣き顔を見られたくなくて花城の腕に顔をくっつけて桜智にも見られないようにしたのだろう。たった三歳なのに、そこまで考えている健気さに胸を打たれる。

（もしかして、泣き顔を見せるなって花城さんに言われてるのかな？）

男だからとか女だからとか、今はそういう教育は古いが、蓮のいる環境は一般家庭とは違うのだ。そう言われていても不思議ではないと思った。

「いい子だな、蓮。おやすみ」

「おやすみなさい、パパ」

少し鼻声の蓮が寝る前の挨拶をする。そしてくるっと反転して桜智の方に向き直る。

「さっちゃん、おやすみなさい」

丁寧に頭を下げられて、桜智も立ち上がって同じように頭を下げる。

「おやすみなさい、蓮くん」

この部屋に入ってきたときとは違い、蓮の足取りが心なしか軽く見えてその顔もうれしそうだ。襖を閉める前に、桜智に向かって小さく手を振ってくるお茶目(ちゃめ)さにきゅんとなった。

「蓮くん、かわいいですね。とても躾ができていていい子で、三歳なのにあんなに礼儀正しい子供はいないですよ」

「まぁ、普通よりは厳しいかもしれないけれど、こういう家柄だからね。体裁(ていさい)だけではボロが出るので、子供のうちからきちんと躾(しつけ)をしているんだ」

どこか寂しそうな顔をする花城に、桜智は首を傾げる。別にそんな顔をするような話でもないように思う、もしかしたら普通の家庭のようにのびのび育てたいと考えているのだろうか。

（確かに、極道なんて特殊すぎて普通が通用しないもんなぁ）

桜智には到底想像できない世界だ。理解できない部分の方が多いだろうと思う。花城との関係は、このまま客と店主のままがいいのだ。しかしあのかの屋がなくなれば、その関係も切れてしまう。

（花城さんや蓮くんと会えなくなるのは、寂しいな）

立ち退きのことを考えて、胸に寂寥感が迫る。

「お惣菜、もう冷めているので冷蔵庫に入れて保管してくださいね」

「ああ、ありがとう。今日はお見舞いに来てくれてうれしかったよ。実はうちの厨房担当が悩んでいるんだけど、少し相談に乗ってもらえないかな？」

「相談……ですか？　どういう内容です？　僕にも答えられるものならいいけれど……」

「大丈夫。桜智さんの専門分野だから」

スマホを手にした花城が電話をかけ始めた。

「私だ。義樹はいるか？　そうだ。じゃあ、今日の夕食の残りを持ってこい。わかってる。だから言ってるんだ。ああ、待ってる」

誰かに指示をして夕食の残りを持ってこさせるようである。なぜ？　と桜智の頭の上にクエスチョンが飛んだ。しばらくして桜の襖の奥から、細身で髪の短い若い男が姿を見せた。その手にはトレイが握られていて、ラップのかかった皿が乗せられてある。

「若、あの、一応……温めてきました」

ベッド脇に立つその男はなぜか落ち着きのない様子で、花城を見ては手元の皿に視線を落としてしょげているようだ。

「そうか。それを桜智さんに食べてもらえ」

「ええっ！　でもこれ、……本当に、いいんですか？」

妙に狼狽えている。部屋の中には醤油の甘辛いようないい香りが漂っていた。皿に入っているのは恐らく煮物系の料理だろう。もしかして失敗しているから彼は慌てているのかもしれない。

「なにがだめなのか、桜智さんの意見を聞けばいい。義樹、腕を上げたいなら失敗を見てもらうのは当然だろうが」

花城の言葉に、トレイを持っている義樹がしょんぼりと肩を落とした。そしてベッドをぐるっと回って桜智の前に立つ。かわいそうなくらいに肩と眉尻が下がっていて、見ているだけで同情してしまう。

「あの、これ……失敗してしまいまして。そんなものをかの屋さんに食わせるなんて、ひどいと思うんですが……正直な感想を聞かせてください」

トレイを差し出されたのでそれを覗き込んだ。皿の上には黒っぽい塊が鎮座している。

じーっとそれを見てようやく豚肉だとわかった。

「これ、豚の角煮……なんです。かの屋さんの味を再現しようとしたんですが、ひどい代物になりまして……」

どうぞ、とトレイごと渡される。それを自分の太ももに置いた桜智は、黒い物体を見つめて息を飲んだ。

（角煮がどうしてこんなに、真っ黒な物体になるんだろう……）

レシピ通りに作ればそう難しくはないはずだ。それがなぜ……と桜智は首を捻るばかりである。

「桜智さん、見ての通り失敗作だ。食べられないというなら仕方ないけど、味のアドバイスをしてやってくれないかな？　意気込みはあるんだけど、どうにも料理下手で……」

「あ、そうなんですね……ああ、まぁ、これは、あれですね」

桜智は笑みを浮かべるもヒクヒクと頬が引きつってしまう。二人が見守る中、こんなものは食べられないと突き返すわけにもいかない。

「じゃあ、少し味見を……」

箸をもらい、黒い塊を挟んで切ろうとしたが到底無理だった。まるで溶岩のようなのだ。

顔を上げて義樹を見ると、苦笑いを浮かべて申し訳なさそうに頭を掻いている。

かの屋の味が好きで同じように作りたいと思ってくれたのはうれしいが、出来がこれでは目も当てられない。

桜智は箸で切れない塊を掴んで持ち上げようとしたが、大きすぎて重くてそれも無理だ。仕方なく自分の顔をその塊に近づけてかじりついた。

まずやってきたのは焦げた匂いとじゃりっとした歯触りだ。回りが焦げているのだから当たり前なのだが。中の方は火が通り過ぎていてパサパサで、肉汁の欠片もない。旨味が肉汁とともに流れ出してしまったのだろう。皿の中の出汁をお供にした方が白いご飯が進みそうだ。

桜智は口の中の豚の角煮を咀嚼しながら、なんと感想を伝えたらいいのか悩んでしまう。いいところと悪いところを言うべきだろうが、いいところはこれといって見つけられない。

（参ったな。こんな豚の角煮は初めてだ）

石のような肉をなんとか噛み砕いて飲み込んだ。顔を上げると花城と目が合い、そのあとは義樹とも目が合った。二人とも料理の感想を待っているようである。

「あの、これはちょっと……その――」

「食えたもんじゃないですよね。わかってます。だって見たらわかるし、若にも溶岩の塊だって言われたんで……」

「ああ、うん。豚の角煮とはほど遠いものでした……」

「桜智さん、よく食べられたね。私は無理だった」

花城の言葉に「えっ」と桜智は彼を見る。申し訳ない、とそんな雰囲気の花城が桜智に視線で謝っているようだった。これはもう正直に言った方がよさそうだ。

「まず……その、どういう工程で料理されたか教えてくれますか？」

義樹にトレイを返しながら尋ねる。しょんぼりした義樹が黒い塊の作り方を教えてくれた。

フライパンで豚角を少し焼いて焦げ目をつけ、調味料を入れて落とし蓋をして煮る。それだけで実にシンプルな作り方だった。それで失敗するのは、恐らく火にかけている間に目を離したことが原因だろう。

「どのくらい煮ていたんですか？」

「ええっと……十分くらい煮て、それから出汁がなくなるまでコトコトと……煮て……」

とにかく煮たらしい。十分でこうなるはずはないから、強火の状態でその場を離れたとしか思えない。

「煮すぎ、ですね。確実に……。出汁はこれも煮詰まりすぎてちょっとわからないですが、濃すぎるというか塩分が多すぎて……」

やはり褒めるところはない。義樹もそれがわかっているようなので少しホッとする。

「桜智さん、それで相談なんだけど……」

「はい、なんでしょうか？」

「よかったら、こいつに料理を教えてやってもらえないかな？　人並みの普通の料理が作れるように」

そう提案されて桜智は考える。教えるのには抵抗はないが、そうなるとこの家に通うことになるのではないだろうか。

（花城さんは悪い人じゃないと思うけど……でもやっぱりヤクザなんだよな。そういう人が住んでる場所に通うなんて……大丈夫かな）

桜智の迷いが顔に出たのか、花城が小さくため息をついた。

「やはり、ヤクザの家に通うのは抵抗がある？　まあ、それが普通の感覚かな。ただ、まぁ弁解になるかわからないけれど、花城組は世間一般の認識である『ヤクザ』とは少し違っているというのだけは言っておくよ」

ヤクザにも種類があるの？　とそんな顔で花城を見つめる。聞かされたのは花城組がどういう極道か、であった。

桜智の認識している極道、ヤクザは乱暴で一般市民に暴力を振るい、無理な条件でみかじめ料を取り、とにかく地域の鼻つまみ者という印象だ。薬物売買や傷害や窃盗、さらには組同士の抗争などが頻繁にあるような、危険と隣り合わせの人種だと思っている。

だが花城から聞かされたのは全くそうではなかった。みかじめ料は良心的で、その代わりに店でのサービスを他の客よりも色をつけるくらいだという。

薬物の売買などは御法度。暴力も一般人相手には禁止。地域の人に迷惑をかけないで溶け込んで生活すること。到底、桜智の思っているヤクザとはほど遠くて、収入源は投資や会社経営だと花城に聞かされた。

「ヤクザにもいろいろある。まぁ、とはいえ、世間一般から見たらどのヤクザだってみんな同じだろうけどね」

話し終えた花城が桜智の反応を窺うような視線を送ってくる。当然、その反応は気になるところなのだろう。

「なんかその……思っていたのと全然違ってて、びっくりしました」

「もし抵抗がないなら、週に一度でもいいから教えに来てやってほしい。これ以上、義樹の失敗作を食べ続けると、みんな胃薬が常時必要になってしまう」

花城の言葉を聞いた義樹が、えへへ、と照れたように頭を掻いている。毎食あの溶岩の塊のような食事をして胃薬を飲む花城のことを考えた。

（惣菜を二日に一回買いに来る理由はもしかしてこのせい？）

同じものをあのかわいい蓮も食べてると思うと不憫に思えてきた。週に一度ならいいかなとも思えてくる。それに義樹が料理を覚えたら通うこともなくなるのだ。

「わかりました。週に一度、彼に料理を教えます」

桜智が言うやいなや、義樹が上を向いて泣きそうな顔をして「ありがとうございます！」と叫んでいた。心なしか花城の顔にも安堵が見える。いや、これは安堵というよりも疲労の色だろうか。

（あれ？　もしかして座ってるのがきついのかな、花城さん。顔も少し赤いし）

夜着の胸元から見える包帯に目をやり、花城の体調が気になってくる。

「義樹、それを持って下がっていいぞ。桜智さんのレッスンの日程が決まったら教える」

「はいっ。かの屋さん、本当にありがとうございます！」

しつこいくらいに礼を言われ、桜智はだんだん恐縮してくる。そんなにたいしたことではないのにと思うが、彼にとっては大問題だったのだろう。

「そんなに言わないでください。教えるくらいは僕にもできるので」

「でも、わざわざ来てもらうことになるんだから、授業料くらいは支払うつもりだよ」

花城が真面目な顔でそういうので、桜智は驚いて目を剥いた。

「えっ！　別にそんなつもりじゃないので、気にしないでください」

まさか授業料と言われると思わなくて桜智は驚く。その支払いの金額も、きっと桜智が思うのとは違うに決まっている。

「いや、気にするよ。桜智さんの大事な時間を使うんだから」

「なら、これからかの屋で買い物するときに一品多く購入する、というので手を打ってください」

申し訳なさそうに笑みを浮かべながら言うと「じゃあそれで」と妥協してくれた。

「あの、花城さん。もしかして座っているのがきついんじゃないですか？　顔が少し赤いです」

「ああ、ちょっと……申し訳ないけど横にならせてもらっていいかな？」

花城がベッドテーブルを手で軽く押し、ベッドの上から少し移動させる。それを補助するために、桜智は素早く立ち上がった。ベッドを跨ぐように置かれたテーブルは足元にキャスターがついているので動かすのは楽だ。花城の足元までテーブルを移動させると、彼はゆっくりとベッドに横になる。眉間に皺を寄せ苦しそうな顔をしているのを見ると、座っているのはかなりつらかったのかもしれない。

（涼しい顔をしてたけど、ずっときつかったのかもしれないな）

横になった花城に毛布をかける。ふうとため息をついた花城が桜智の方を見て微笑んだ。

「看病みたいな真似をさせて、申し訳ないな」

「いえ、いいんです。そもそも怪我をされているのに座って仕事してるなんて、その方が心配だったので……」

蓮を不安がらせまいと強がっていたのかもしれない。ただでさえ心配して一人で桜智の店まで来るくらいなのだから。

「この怪我だけど……うちの組は他と比べて小さいのに羽振り(はぶ)がよくて、他の事務所からは妬(ねた)まれてるんだ。気に食わないからと嫌がらせをされることも多くてね。その結果がこの傷だ」

「そうなんですね。やっぱり危険と隣り合わせって感じですか……」

そんな場所に生まれた蓮のことを考えると、少し胸が痛くなった。今までの極道のイメージとはかなり違っていたが、危険であることには変わりないようである。

花城が少し眠るというので、桜智はお暇(いとま)することにした。玄関まで送ってくれたのは靖一で、どうやら部屋の外の廊下でずっと控えていたらしい。

(話を全部聞かれてたのかな)

花城の家を出てアパートに向かいながら、桜智はそんなことを考える。義樹のお料理教室はかの屋が休みのときにということになった。とはいえ、店をやっているのだから休みの日以外ないのだが。

（でもここを立ち退いて店をやめたら、いつでもよくなるよな）

ふとそんな悲観的な気持ちになった。この一帯を更地にしてなにが建つのかはわからないが、今と同じ家賃でまた店が開けるとは思えなかった。とはいえ、まだ詳しい話を聞かされていないのでなんとも言えないが。

「はぁ、不可抗力で店を失うなんてなぁ」

夜の道を帰途につきながら桜智は大きなため息をついた。胸に去来するのは切なさと寂しさだった。

第二章

　桜智の休日は食べ歩きや新しい店を開拓するために使っているが、お料理教室の講師をするという予定が増えた。花城組の屋敷に足を運ぶのはあの日以来だが、陽の高いうちに屋敷に来たのは初めてである。前回は暗かったのもあり、こんなに明るい場所でじっくり建物を見られなかった。桜智は花城の家の前で、その要塞のような建物に改めて驚かされた。

「よく考えたら普通の家より塀が高いし、門も鉄壁って感じ」

　桜智の心拍数がわかりやすく上がる。妙な緊張感の中、門の傍にあるインターフォンを押した。しばらくしてガコンと門の錠が外れる音が聞こえた。ググッと門が動き、その隙間から時雄の金髪が顔を覗かせた。

「かの屋さん、いらっしゃい」

　そういえば花城以外はみんな桜智のことを『かの屋さん』と呼ぶ。それでもまぁいいけど思うが、屋号で呼ばれるのは妙な気分だ。

「どうも、こんにちは」

「ささ、入ってくださいっす」

時雄に促されて鉄の門を潜る。玄関の正面に置かれてある花城組の大きな表札を目にして、また緊張が大きくなった。

今日はお料理教室初日だが、まだ花城はベッドから出られないそうなので先に挨拶へ行くことにした。部屋の場所はわかっているが、時雄が前を歩いて案内してくれる。

「若、時雄っす。かの屋さんがお見えになりました」

「ああ、わかった」

時雄が障子を引き、部屋の中の花城に頭を下げている。そして桜智の方を向いてどうぞと部屋の方に手を指してくれた。花城とは先週ここで会ったきりだが、妙にドキドキしている。

「こんにちは、花城さん」

「やあ、桜智さん。今日から義樹のことよろしく頼むよ」

ベッドの上に座った花城がやんわりと微笑んで挨拶してくる。花城は先週と変わらない様子だったが、顔色はずっとよくなっているようだ。

「いえいえ、人に料理を教えた経験がないので、ちゃんとできるか心配ですよ」

「桜智さんなら、大丈夫」

妙な自信で言う花城に驚くが、彼に大丈夫と言われると本当に大丈夫のような気がしてきて変な感じである。

「できるだけ頑張りますね。あの角煮が美味しくできるまで」

「あはは、期待してるよ」

花城に期待されてやる気が湧いてきた。教えるのは難しいが、義樹にやる気があれば大丈夫だろう。

花城の部屋を出て長い廊下を進み、時雄がキッチンまで案内してくれた。外観や内装は和風だが、キッチンは最新の大きな白いシステムキッチンが設置されてあった。しかもきれいに掃除が行き届いている。

ダイニングキッチンの広さは二〇畳くらいはあるだろうか。白い天井とウッディーな床。作業台は人工大理石だ。ダイニングテーブルは床と同じく、天然木オーク材のものが二台並んでいた。天井からは北欧風のシーリングライト六灯が三列並んでいて、明るくておしゃれな空間だなと桜智は思う。

「キッチン、広いですね。作業台があるのも使いやすそうだなぁ」

作業台の前に義樹と靖一、それから初めて見る男性が今か今かと桜智を待っているようだった。

「かの屋さん！　今日はよろしくお願いします！」

桜智の顔を見るなり、義樹がぱぁっと花が咲くような笑顔を向けてくる。もうすでにエプロンを着けてスタンバイしていて気合いは十分のようだ。

「こんにちは。こちらこそ今日はよろしくお願いします」

にっこり微笑みかけると、なぜか義樹の頬がぽっと赤くなる。とりあえずそれは見なかったことにして、桜智は持参したトートバッグを作業台の上に置いた。

キッチンに案内してくれた時雄と、強面の靖一、そして新顔の男性一人がメモを手にしてダイニングテーブルに着く。

（あ、このままここで見てる感じなのかな？）

それならそれでいいかなと思った。一応、四人前の料理を作れるようにと材料を持参したのだ。もちろん最初はあの溶岩のような豚の角煮を、美味しく作れるように教えるつもりである。

「さて、それじゃあ始めましょうか」

「はいっ」

義樹の元気のいい返事が聞こえたところで、とりあえず今さらですが、と靖一が口を挟み自己紹介をしてくれた。

金髪でヘアバンドをしていて、桜智を案内してくれたのは時雄。二十三歳でこの組では一番若いらしい。

そして次に今日の年長者である靖一。スキンヘッドで鼻下に髭をたくわえ、黒いサングラスがトレードマークで強面（こわもて）だ。三十歳の中堅だという。

靖一の向かいに座るのが新顔の浩一（こういち）。垂れ目ながら鋭い眼光をしていて、鼻の辺りにはそばかすが散っている。年齢は靖一とひとつ違いの二十九歳らしい。見た目は二十代前半に見える。

最後に料理番の義樹。黒髪で短髪のツーブロックで短い眉と薄いアゴ髭が特徴だ。黒地に金で龍のイラストが描かれたシャツを着ている。二十五歳だというが、かなり若く見えた。

「自己紹介が遅くなって悪かったっす。他にも人はいるけど……あ、若の右腕の信（しん）さんがいるんすけど、今日は不在で」

「自己紹介ありがとうございます。これでちゃんと間違わないでお名前を呼べると思います」

もう一人の信さんという人はいないらしいが、自己紹介はありがたかった。花城や時雄が呼び合っているのは聞いていたが、ちゃんと教えてもらっていなかったので少し不安だった。

「じゃあ義樹さん。前回は失敗していましたが、今日は美味しい豚の角煮を作ろうかと思います」

「は、はい！」

ビシッと背筋を伸ばして歯切れのいい返事をした義樹が、腕をさっと上げて敬礼してくる。それを見てふっと笑いながら桜智も持参したエプロンを着けるのだった。

豚の角煮のレシピは手書きで桜智が書いて持ってきた。いつもはクックオープンというサイトを見ながら作っているらしく、この間、食べた角煮もそれを見て作ったらしい。同じレシピでもよかったが、今回は桜智が書いてきたレシピでやろうと義樹に伝えた。

「それじゃあ、今から材料を計っていきます」

角煮の材料四人分、豚バラ肉ブロックが六〇〇g、水が五〇〇cc、料理酒二五〇cc、醤油一三〇cc、しょうがチューブで二～三センチほど。みりん八〇cc、砂糖大さじ三、水溶き片栗粉(かたくりこ)適量。

紙に書いてある通りに義樹が材料を量り、ボウルにどんどん入れていく。彼は丁寧に進めているが、醤油を持った手が震えていてこちらもドキドキする。

「そんなに慎重にしなくても大丈夫ですよ。多少の誤差は問題ないので」

「は、はい……。でもなんかこう、かの屋さんに見られていると緊張して……」

醤油を入れ終えた義樹が、額の汗を腕で拭く仕草をして見せた。そんな仕草も妙にかわいらしい。

「大丈夫、リラックスして。そんなにガチガチだと逆に失敗するから」

「は、はいっ」

義樹の返事はまだ硬いが、それはもう仕方がないだろう。どんなに言ってもきっと緊張する気がする。するとその様子を見ていた時雄が立ち上がって、桜智たちがいる作業台の反対側にやってきた。

「この人、かの屋さんが美人だから緊張してるんっすよ。今日も朝からずっと落ち着かなくて、クマみたいにうろついて……いてっ！」

最後まで言い終わらないうちに義樹からゲンコツをもらっていた。

「こいつ、変なこと言うんじゃねぇよ！」

「だって本当のことじゃないっすかぁ」

桜智は目を丸くして二人のかけ合いを見ていた。会話の中に聞き慣れない言葉があって、それが少し引っかかる。

（美人って言った……よな？　僕が？　男なんだけどな）

　確かに年齢の割には幼く見られがちだし体型も華奢な方だ。だが未だかつて美人だなんて言われたことはない。耳の中にその言葉が残って、今さら赤面してしまう。

「じゃ、じゃあ……続き始めますよ」

「あ、はーい！」

　間延びした口調はまるで子供の返事のようで桜智の気が抜けた。再び料理教室の空気になって料理を再開する。

「豚の塊を適当な大きさに切って、まずはフライパンで焼き色をつけます」

　桜智がフライパンを熱し、その上に豚角を乗せていく。じゅーっと美味しそうな音が聞こえて、フライパンの中を義樹と二人で覗き込む。

「少し焦げる方が、いいですかね？」

「まぁそれは好みだけど、僕はこんがりが好きかな」

「じゃあ、そうします！」

　桜智の好みを聞いた義樹が、トングで豚の塊肉を真剣な顔で焼いている。その横顔は一生懸命で、その姿を見ながら教え甲斐がありそうだなと桜智は思っていた。

キッチンに豚肉の焼けるいい匂いが広がってきたとき、桜智が入ってきた扉とは違う引き戸の方から人の気配がする。

（ん？　誰か来たかな？）

桜智が振り返ると同時に、引き戸がゆっくりと開いていく。

「さっちゃん！」

元気のいい声がキッチンに響いたかと思うと、蓮が真っ直ぐ桜智の方へ駆けてくる。エプロン姿の桜智に飛びついた蓮は、幼稚園の制服を身につけたままだ。

「蓮くん！　幼稚園から帰ってきたんだ？」

「はい！　どうちてさっちゃんがいるですか？」

桜智は蓮の前にしゃがんで視線を合わせる。

「今日は義樹さんにお料理を教えに来たんだ。豚の角煮。そうだ、今度は蓮くんに元気ミートボールの作り方を教えようか」

桜智がそう言うと、蓮の顔がぱぁっとひまわりの花が咲いたような笑顔になる。

「元気ミートボール！　でも……僕にでちますか？」

「大丈夫。僕と一緒に作るから。フルーツサラダも一緒に作ろうか」

「やったー！」

蓮が桜智の首に飛びついてくる。その勢いで桜智はバランスを崩してしりもちをついてしまった。だが、蓮一人の体重くらいなら造作なく受け止められる。

「こら、蓮。お行儀よくしないとだめだろう?」

やわらかくて耳障りのいい声が頭の上から降ってくる。見上げるとベッドの上にいるはずの花城が立っていた。

「えっ！　は、花城さん!?　歩いて大丈夫なんですか?」

蓮を胸に抱えたまま聞けば「激しい運動以外は平気だ」と言う。確かに先週に比べたら顔色がいいけれど、まだ左腕は吊している。それが痛々しくて思わずそちらに目が行ってしまう。

「若！　起きてきたらだめっすよ。あと二、三日は安静にって主治医に言われてるじゃないっすか！」

時雄が驚いたように花城に近づいて、大げさに身振り手振りで訴えている。真剣な顔は本当に心配しているようだが、花城は申し訳なさそうに微笑むだけだ。

「もう大丈夫だ。あんまり長い間ベッドにいると体力が落ちるし、尻に根が生える」

「でも、でも……っ、俺、心配っす」

「若、頼みますからあと二、三日は安静に……」

靖一も立ち上がり「頼みます」と花城に頭を下げる。それを見て花城が参ったな、と呟いた。

「わかったわかった。蓮を着替えさせたらベッドに戻る。約束する」

花城の言葉に周囲の男たちがホッとしたような表情に変わる。そんなにひどい傷じゃないと花城は言っていたが、こんなに周囲のものが心配するのだからやはり軽傷ではないのだろう。

「さて、蓮。桜智さんは今、お料理の先生をしているんだよ。だから邪魔しちゃだめだ」

花城の口調はやさしいが、叱っているのがわかる。それを聞いた蓮がのろのろと桜智の上から移動した。桜智も床から起き上がってエプロンを整える。

「蓮、着替えに行こう」

「はい」

花城が蓮の手を取った。「すぐ戻るね」と蓮が花城に手を引かれながら振り返り、小さな手を振ってくる。それに応えて桜智も手を振った。

「桜智さん、邪魔したね。試食の際は呼んでもらえる?」

花城がこちらに向き直りにこりと微笑む。その一瞬の笑顔に桜智は目を奪われ、自分の体温がふわっと上がったのを感じた。

「は、はい。わかりました」

頬を僅かに紅潮させながら返事し、どうしてこんなに花城の笑顔を見ると妙な気持ちになるのかと戸惑ってしまう。

（花城さんは魅力的な人だけど、男性なのに。なんでかな……？）

同性でも魅力のある人には高揚することはあるが、なぜか花城に対しては違う意味な気がして余計に動揺してしまうのだ。

「あの、かの屋さん、豚肉こんがり焼いたので、次の作業に移っていいですか？」

後ろから義樹の声がしてはっとする。花城の笑顔にときめいている場合ではない。

（僕、ときめいてたのか……）

気を取り直した桜智は義樹に向き直る。

「じゃ、じゃあ……次のステップに行きましょう」

動揺を顔に出さないよう、義樹に次の指示を出す。そうして順調に豚肉は味付けされていき、最終的には圧力鍋でぎゅっと圧力をかけられて美味しく仕上がったのである。

鍋の蓋を開けたとき、辺りに広がるなんともいえないいい香りに、一同は感激の声を上げた。

「すげぇ、脂身（あぶらみ）がぷるぷるだ」

時雄が皿に盛られた角煮を見ながら目を輝かせている。

「こりゃあ……さすがかの屋さんだ」

靖一のサングラスの向こうにある瞳が、キラッと光ったような気がする。

「角煮ってこんなにテカテカなんか」

浩一が目を丸くして鍋の中を覗き込んで呟いた。

「俺の溶岩と全く違うわ」

ほとんどの工程を桜智のサポートつきで作った義樹が言う。

「さっちゃん、僕もみたいです」

ぐいっとエプロンを引っ張られて桜智は下を見る。いつの間に着替えて戻ってきたのか、
桜智の脇には蓮の姿があった。

「蓮くん、戻ってきたの気づかなかったよ。お鍋の中、覗いてみる？」

「はいっ」

桜智は蓮の両脇に手を入れて、小さな体を持ち上げる。寸胴(ずんどう)の圧力鍋の中を覗き込んだ
蓮が「ほぉぉ」と声を上げた。

「今からお皿に入れるから少し待っててね」

蓮を床に下ろし、義樹に皿の場所を聞いて取りに行く。深さのある器に角煮を盛り付け

ていき、小皿もいくつか用意した。

「さて、これが豚の角煮です」

テーブルに置かれた角煮からほわほわと湯気が立ち上る。各々着席をして、義樹が持ってきた箸を受け取った。

「あ、ちょっと待って。花城さんのぶんを先に取っておきますね」

桜智が小皿に花城の角煮を取り分けた。二切れの角煮は、見た目も香りも食欲をそそり、絶体に味も最高なはずだ。

できたら呼んでほしいと言われていたが、怪我人に来てもらうわけにはいかない。こちらから持って行くのがいいだろう。

「よし、じゃあこれ、花城さんに持って行きますね。みなさんはここで味見しててください」

「持って行くだけなら、俺が行くっすよ」

時雄が口の中の角煮をすでに咀嚼しながら立ち上がる。

「あ、いいんです。食べたときの反応も見たいので。えっと、寝室の場所は前と同じですよね？」

「キッチンを出て左っす。そんで突き当たりも左。でもって、手前から二部屋目っすね。

迷わないっすよ」

「ありがとう。蓮くんも一緒に……」

行く？　と聞こうとして目が合った。フォークに刺した豚の角煮を美味しそうに頬張っていて、桜智を見てにっこりしている。美味しいよと笑顔で教えてくれているのだろうか。角煮に夢中の蓮には桜智の声は耳に届いていないようだ。それに他の人が蓮の世話を焼いていて、桜智がいなくても平気だろう。桜智は皿を持ってキッチンを出る。

時雄が教えてくれた通りに廊下を進み、前に訪れた花城の寝室の前までやってきた。小さく息を吐いて「花城さん」と声をかけた。

「角煮、できたのでお持ちしました。開けてもいいですか？」

「ありがとう。入ってくれて構わないよ」

花城の返事を聞いて障子を引く。花城は以前と同じくベッドの上にテーブルをセットして仕事の最中だったようだ。テーブルの上の書類を重ねてまとめ、桜智が皿を置くスペースを作ってくれる。

「いい匂いだな。持ってきてくれてありがとう。みんなの評判はどうだった？」

「上々です。かなり上手くできたので、今ダイニングで夢中になって食べています。蓮くんも美味しいって顔してました」

口の周りにいっぱい角煮のタレをつけて頬張っていた顔を思い出し、桜智は思わずクスッと笑ってしまった。

「どうした？」

「あ、いいえ、蓮くんの顔を思い出してしまって。本当に美味しそうに食べていたので。あ、冷めないうちに花城さんもどうぞ」

テーブルの上に置いた角煮からほかほかと湯気が上がっている。では早速、と花城が箸を手に取って角煮を食べ始めた。箸でひと口大に切ってあるが、やわらかく仕上がっているのでそれも簡単のようだ。

桜智は前と同じように、近くに置いてある椅子をベッドの横に持ってきて腰を下ろした。

「美味しいな。これ義樹が作った材料と同じ？」

「大体は同じです。でも作る過程が少し違うんですけどね」

「そうか。それにしても、これは白飯が欲しくなるな」

花城がうれしそうに角煮を口に運びながら言う。確かに味が濃いめだから白飯が欲しくなるのはごもっともだ。それよりも本当に美味しそうに食べる花城の顔を見ていると、桜智も同じくうれしい気持ちになった。

「これ、桜智さんも食べた？」

「あ、僕は出汁の味見だけです。圧力鍋を使ったので中まで染みてるのはわかっていたので……」

「そうなのか。じゃあひと口、食べてみる？」

「えっ！　いや、それは……花城さんのぶんで……」

箸で切り分けた角煮の欠片を見せてくる。

「作った本人が食べないなんて変じゃないか？　ほら、手を上げているのも疲れるから食べてほしいんだけど」

「じゃ、じゃあ……」

桜智は立ち上がって花城に近づく。手に乗せてください、とわかるように桜智は自分の手を差し出したが、花城はきょとんとしてこちらを見上げるばかりだ。

「その手はなんだ？　早く口を開けてくれないと……」

「えっ……あ、口、ですか……？」

驚いた桜智が戸惑っていると「早くして」と手を近づけてきた。断りつづけるのも悪いと思い、桜智は素直に口を開ける。そこに花城が上手に角煮の欠片を入れてくれた。

（は、恥ずかしい！　あーんって……こんなに照れくさいんだ）

咀嚼をしながらどこを見ていいかわからなくて、桜智は椅子に座りながらじわじわと下を向く。義樹と一緒に作って最高のできだと思ったのに、なぜか味が感じられない気がして困る。

「どう？　すごく美味しいよね？　って……まあ桜智さんが作ったのなら間違いないんだけど。でも、どうしてそんなに顔が赤いんだ？」

「ああっ、いや、その……誰かに食べさせてもらうのって、照れくさいなと思ったんです。味は、よくわからなかったです」

桜智が正直に答えると、花城がぷっと吹き出した。そしてもう一度、皿の中の角煮を箸で切り、桜智の方へ腕を伸ばす。

「それじゃあ、もうひと口食べてみて」

「あ、でも自分で食べるので……その……」

動揺して困ったように笑うと、花城は「なぜ食べないんだ？」とでも言いたげな顔をした。

「桜智さんは恥ずかしがり屋なのかな？　そういうところ、とてもかわいいね」

「かわっ……」

さらっとすごいことを言われた気がして、桜智は顔から火が出そうになった。驚いた拍子に開けた桜智の口に、花城がぽんと角煮の欠片を放り込んでくる。その顔はどこか企(たくら)んだ笑みであることに気づいた。

「は、花城さん……わざとですか」

桜智は自分の口を手で押さえて、真っ赤な顔で花城を睨む。といっても桜智の睨みなんて花城にとってはまるでお子様のようなのだろうが。その証拠に、桜智がいくら睨んでも花城はニヤニヤとこちらを見るばかりだ。

（かわいいとか言うし……僕に食べさせるのだって、わざと恥ずかしがらせるなんて、意地悪なっ）

あまりに子供っぽくて文句のひとつでも言いたかったが、花城とはまだそこまで親しくないし……とあえて口にはしなかった。

「桜智さんが赤くなるところ、かわいいと思ったのは本当だよ」

「ま、またそんな……僕、男ですよ？」

赤面症かと思うくらいに頬が熱く赤くなる。かわいいなんて初めて言われてどうしていいのかわからない。どんな顔をすれば正解なのだろうか。

「男でも女でも、かわいいと思ったからそう言ったんだけど。蓮にもかわいいと言うからね」

「そういう言い方、やっぱりずるいです。蓮くんは花城さんの息子さんだし……それはかわいいですよ。でも僕は……ただの惣菜屋です」

　唇を尖らせて桜智が抗議すれば、花城はまた声を上げて笑った。

「それじゃあ、また来週お料理の先生として来ますね」

　皿の中の角煮はすっかりなくなり、美味しかったと感想をもらい桜智は満足だった。立ち上がって皿を手にしたとき、なにか言いたげな花城と目が合った。まだなにかありますか？　という目をして桜智は花城を見る。

「蓮は、私の実の子供じゃないんだよ。桜智さんに言うことじゃないかもしれないけど。あの子は父の息子なんだ。戸籍上は私の息子となっているけどね」

　去り際にそんなことを言われてしまい、そうなんですか、じゃあ、となんでもないようなふりはできない。桜智は部屋を出るに出られなくなり、再び椅子に座り直した。

「蓮くんは……花城さんのお父さんの、お子さん？　え、でもえっと……」

　一体、花城の父親は何歳なんだろうという疑問が湧くし、どうしてそうなったのか、蓮はそれを知ってるのか……と疑問は次々にあふれてくる。

（ってことは、花城さんは独身……なのかな？）

　ひとつの答えに行き着いて、桜智はなぜかホッとしてしまった。

　かの屋に来るのはいつも蓮と二人だけで、奥さんと一緒に来ることはなかった。だから今の今までシングルファーザーだと思っていた。だがその蓮も息子でないという。

（こんなにルックスのいい人だから、恋人はいそうだよね。でもどうして今、その話を僕にするんだろう）

　蓮の出生や踏み込んだ話を桜智にする理由がわからなかった。花城にはなにか考えがあってのことなのだろうか。

　少し遠くを見るような憂い（うれ）を含んだ表情で話を続ける花城を見て、今は黙って耳を傾けることにした。

「どうして？　って思うよね。父は結婚しているし今も母は健在。でも父は外遊びがすぎてしまってね、それで蓮が生まれたんだ。もしかしたら他にもいるかもしれないけど、今のところは蓮一人だけ」

「でもなぜ花城さんの子供ってことになってるんですか？」

「ああ、その辺はちょっと複雑なんだけど、父の息子にすれば跡目（あとめ）争いの候補に挙がるから、それは避けたいっていう父の意向かな。世襲制をやめればいいだけなのにね」

「そうだったんですか」

　花城と普通に話していると、彼がヤクザの若頭だというのを忘れてしまう。それくらいヤクザの雰囲気がない。今どきのヤクザはみんなこうなのだろうかと思ってしまうくらいに普通だ。

「急に変な話をして悪かったね。だから、私はまだ独り身。そろそろ身を固めろと父がうるさいんだけど、こればかりは縁だからね」

「花城さんの説明を聞いて、今までの疑問の答えがやっと出ました」

「疑問？」

「はい。いつも蓮くんと買い物に来られていたので、シングルファーザーなのかなって思っていました。でも戸籍上は息子さんでも花城さんはご結婚されてないと知って納得です」

「確かに、蓮は私に似てないね。父の愛人は日本人じゃなかったから、その血が外見に濃く出ているみたいだ」

「瞳が緑っぽかったので、花城さんの奥さんが外国の方なのかなぁと」

「そう思われても仕方ないかな。私ももう三十三歳だし。なににしても、気にしてくれてありがとう」

ふふふ、と花城がうれしそうに笑った。

「あ、いやっ……あはは……っ」

照れくさくなった桜智は、頭を掻きながら笑うしかできなかった。それじゃあ、と花城の寝室を出て、元来た道を戻る。歩きながら早鐘を打つ心臓と茹だったように熱い頬は、キッチンに戻るまで治まらなかった。

「あ、お帰りなさい。若、美味(うま)いって言ってましたか？」

「あ、うん……」

キッチンに入ると真っ先に義樹が桜智の元にやってきた。そう聞かれて、桜智は曖昧な返事しかできなかった。

「あれ？　美味しくないって？」

今度は時雄が聞いてくる。そこでようやく桜智は我に返った。ダイニングにいるみんなの視線が桜智に注がれている。

「いや、美味しいって言ってました。とても……」

「なんか、かの屋さん顔が赤くない？」

時雄の言葉に桜智はビクッとする。めざとく見つけられ、どういい訳するかと狼狽(うろた)えてしまう。

「そ、そうですか？　いや〜角煮、上手くできてよかったですね。あはは……」

誤魔化しながら皿をシンクに持って行く。まだみんなの視線が自分に向けられているのを感じる。

（そんなに僕の顔、赤いかな……）

シンクに皿を置いて自分の頬を両手で押さえる。花城に会うたびにこうなる理由がいまいちわからない。相手がヤクザだから緊張しているのか。それとも花城がからかうようなことを言って、桜智を動揺させるのが原因か……。

「さっちゃん……？」

エプロンを引っ張られて下を見る。そこには心配そうな蓮の顔があった。

「大丈夫だよ。それより、角煮、美味しかった？」

「おいちかったです！」

満面の笑顔で答えてくれる。口の横には拭き切れていないタレがついていた。桜智はそれを指で拭い取る。蓮もおとなしく拭かせてくれた。きれいになったよ、と言うと蓮は満足そうな笑みを浮かべる。桜智に世話を焼かれるのがうれしいようだ。

「なんだ、賑（にぎ）やかだな」

低く不機嫌そうな声がして、桜智はそちらに顔をむける。ダイニングに入ってきたのは初めて見る顔の男性だった。しかしテーブルを囲んでいた男衆がガタッと音を立てて立ち上がり、お疲れ様です、と頭を下げている。

「緒方（おがた）さん、例のヤツはどうなりましたか？」

靖一が真剣な顔で聞いた途端、その場の空気がピリッと緊張した。

（誰だろうこの人。上下スーツでフレームレスの眼鏡。サラリーマン風だけど、触ると切れそうな雰囲気がある）

きちんとした格好で隙がない。やさしそうだけれど、その瞳の奥はギラギラしているようで目が離せなくなった。黒いストレートの髪は七、三分けで、額が半分隠れている。フレームレスの眼鏡が彼をさらにインテリに見せているのだろう。

「ああ、時間はかかったが目星はついた。今から章介（しょうすけ）に報告に行く。それでお前らはなにしてるんだ？」

男の視線が桜智に向けられる。お前は誰だと、その鋭い目が問うていた。男と目が合った桜智は思わず下を向いてしまう。ここにいる人たちの中で一番ヤクザの雰囲気を纏っていて、背中がぞわっとするような怖さを感じた。

「今、義樹の料理教室やってたんす。緒方さんも義樹の料理の腕は知ってるでしょ？　あれをなんとかしないとって若が……」

「ああ、この間の肉じゃがは食べられたものじゃなかったな」

男がそう言うと、義樹がえへへ、と申し訳なさそうに笑みを浮かべている。義樹が桜智のことを説明してくれて、ようやく不審者を見るような目で見られなくなった。

「かの屋さんでしたか。いつもお世話になっています。自分は緒方といいます」

「あっ、はい、あの、かの屋の皆倉桜智と申します。どうも……」

桜智が自己紹介をすると、近くにいた時雄が「そっか、かの屋さんじゃないんだ」と今になって呟く。自分たちが桜智を屋号で呼んでいたのに気づいたようだ。

「それでこんなにいい匂いがダイニングに充満してるんだな」

「そうっす。今日はこの間失敗した豚の角煮っす。あ〜でももう全部食べてしまったんですが……」

義樹が申し訳なさそうに言うも、そんなことはいい、と緒方が笑う。

「皆倉さんにご迷惑にならないようにしろよ」

緒方の言葉に、一同一斉に「うっす！」と体育会系の返事が揃う。その声の大きさに桜智はビクッと肩を震わせた。

「そうだ、来週の集会、ちゃんと準備を進めてるか？　料理は……義樹が担当だそうだが、大丈夫か？」

「あ〜はい。時雄も手伝ってくれますし……多分、大丈夫かと」

そうは言っているが、義樹の顔は不安そうだ。それはそうだろう。あんな溶岩のような角煮を作ってしまうのだから不安になるのは仕方がない。それなのに集会の料理を担当するなんて大丈夫なのだろうか。

いる。

「そうか。腕は上がっているようだから期待しているぞ」

緒方がそう言ってダイニングを出て行った。あとに残された義樹は青い顔で下を向いている。

「俺も手伝うから、大丈夫だって」

時雄が義樹を励ますように声をかけた。

「いや、でも……お前、料理全くできないじゃん」

二人の会話を聞きながら、義樹に料理を教えてやってほしいと頼んできた花城の気持ちがわかった。とはいえ、たった一週間でそこまで飛躍的に上達するとは思えない。

「なあ、かの屋さんに手伝ってもらったらどうなんだ?」

黙って聞いていた靖一がぼそっと口にする。それを聞いた義樹と時雄は靖一を見て、その後、三人の視線は桜智で止められた。

「えっ、あの、僕……ですか?」

「かの屋さん……いや、皆倉さん、お願いできないですか?」

義樹が泣きそうな顔で頼んでくる。部外者の自分が手伝っていいのだろうかと思い、返答に困ってしまう。桜智の様子に気づいた義樹が自分の腰に手を当てて、まるで自慢でもするようなポーズを取った。

「大丈夫。失敗したらかの屋さんの惣菜を出すつもりだったから。ここで作っても店で作っても同じじゃないすか？　あ、ちゃんとお礼はしますんで、この通り！」

義樹が顔の前で手を合わせて頭を下げてくる。その横で時雄も同じようにしてくるものだから桜智は断る理由を見つけられなくなった。

「あ、いや……でも、僕なんかが手を出して大丈夫なんですか？」

苦笑いをしながら言えば、義樹も時雄もバッと顔を上げて大きく首を縦に振る。

「大丈夫っす！　皆倉さんがいれば百人力っす！」

義樹がすごい勢いで桜智の手を握りしめてくる。彼の瞳は涙で潤んでいるように見えて、断れない雰囲気だ。

「えっと、じゃあ……とりあえず、内容を聞いてからでもいいですか？」

あまりに大量の料理や桜智に作れないような内容なら断ろうと思っていた。しかしその返事をＯＫと受け取った義樹が大喜びするものだから、もう決まりなのかもしれないなと心の中で思うのだった。

その日から一週間、桜智は義樹とメールで打ち合わせをするようになっていた。身内の集会で出す料理だというので、二十名くらいかなと思っていたが違うようだった。

――四十二名⁉　なんでそんな人数なんだ？

聞いてみれば花城組のすべての人間が参加するというのだ。想像の倍ほどの人数に度肝を抜かれた。本来なら外注の料理を出すつもりだったらしいが、花城が襲撃されたことで取りやめになったのだという。まだ料理番になって間もない義樹にその大役が任されてしまったらしい。

——あの料理の腕では、悲惨なことになっただろうな。

必要な料理を大量に、かの屋に注文するつもりだったというのも本当らしい。だから今回は義樹の影武者として頑張るしかなさそうだ。

そして集会が開かれる前日、桜智は早朝から花城家を訪れていた。翌日の準備のためである。キッチンは桜智と義樹と時雄の三人で忙しくしている。メニューをどうするかと話し合った結果、今回はビュッフェスタイルの食事形式にすることになった。使うのはこの広いダイニングキッチンだ。ここにすべての人が座れるテーブルはないから、ビュッフェには最適だ。

——組長と姐さんはテーブルに着いてもらうんで大丈夫っす。

ヤクザの集会は和風で、各々のテーブルで会席料理というイメージだった。でも今は時代が違うらしい。

テーブルセッティングと酒類、そしてメニューに合わせた料理を入れるための器を準備したのは時雄だ。ビュッフェで使うのは大型保温機器が複数。金属皿の下に湯煎や固形燃料などの熱源を置いて使う保温器具で、料理を入れたらコの字型に並べたテーブルにセットするだけでＯＫだ。

「皆倉さん、こっちの下ごしらえ、これでいいですか？」

「はい、ＯＫですよ。そのままラップをかけて冷蔵庫に入れておいてください」

「了解っす！」

ビュッフェのメニューは和洋折衷である。義樹や時雄のような若者が好みそうな唐揚げやソーセージ、ステーキにハンバーグにスパゲティ。そして蓮の好きなミートボールだ。揚げ物は数種類の串焼きを準備予定で、和食はかの屋の売りだから店のメニューの売れどころをいくつか作る予定である。

下ごしらえは大変だけれど、これをきちんとしておかなければ明日が大変になる。それにしても、こんなに大変な大仕事をまだ不慣れな義樹と時雄二人で捌こうとしていたなんて、とてもじゃないけれど無理だっただろう。

一通り下ごしらえを終えた桜智は、すっかりセッティングされたダイニングを見渡して近くの椅子に腰かけた。

（これで朝早くから準備に取りかかればＯＫかな）

エプロンを取って疲れた肩を回した。広いダイニングには桜智が一人きりだ。時雄も義樹も他の仕事で出ている。時間を見ればもう二十二時を回っていた。少し前まで蓮が作業の邪魔にならないように隅っこの椅子に座って見学していたのだが、眠気に負けて靖一に連れて行かれた。

「かなり整ったね」

ダイニングに入ってきたのは花城だ。もう腕を吊していなくて、今はきちっとスーツを身につけている。いつもかの屋にやってくる花城に戻っていて、心なしかホッとした。

それに初めこそ丁寧な口調で会話していたが、花城の自分に対する話し方が砕けてきたことに浮かれている。とはいえ、桜智の方はさすがに友人に話すようにはいかない。

「あ、はい。懐石膳四十人ぶんとかでなくてよかったです」

「まあオヤジはその方がいいって言ってたんだけど、それを義樹にやらせるのは無理だからね。かといって、外注も少し危険で頼めないから、今回は桜智さんに本当に感謝しているよ」

花城がやってきて冷蔵庫を開ける。そこに入っている飲み物を取り出して、近くの食器棚からグラスを二つ手に取った。

「かなり大変でしたけど、下ごしらえは十分できたので大丈夫です。義樹さんも時雄さんも頑張ってましたよ。途中から蓮くんも手伝ってくれました」

桜智がにっこりと笑うと、グラスに注がれたお茶を花城が置いてくれる。ありがとうございます、と礼を言って手に取った。口をつけて麦茶を流し込むと、体が水分を欲しがっていたのか、じわっと染みこんでいくのがわかった。

「はぁ〜美味しい」

「お疲れ様だな」

ふふっと笑った花城が桜智の向かいの椅子を引いて腰を下ろした。真正面から顔を見られて所在なさげに視線を彷徨わせる。

「……はい。じゃあ、もう遅いので、帰ろうかな」

グラスの中の麦茶を一気に飲み干しもう一度、ふぅ、と息をついて立ち上がると、花城も一緒に席を立った。彼のグラスの中も空っぽだ。

「あ、一緒に洗いますよ？」

桜智が手を出すと、花城がその手をじっと見つめてくる。なにか変かな？　と自分の手を見るがどこもおかしなところはない。

（え、花城さん、どうしたんだろう？）

花城の顔は真剣そのもので、彼のシュッとした眉の間に皺が寄っている。そのとき、引こうとした桜智の手を花城が掴んだ。

「……っ、あの……っ」

「今日、一日頑張った手だな。いつもこの手があの美味い惣菜を作るのか。職人の手をしてるな」

「そう、ですか……？」

「ああ」

握手をするように手を握られ、親指で手の甲そっと撫でられた。その瞬間、ひゅっと桜智の体温が上がる。驚いて手を引きそうになったが、がっちりと握られていて放せない。

（なんだろう……放してくれない。花城さん、一体どうして……）

動揺を顔に出したとき、やっと花城が手を放してくれた。ホッとして桜智も自分の手を引く。自分のグラスだけを持ってシンクへと向かった。体の中で心臓が暴れていて、花城の突飛な行動に振り回されている。

「は、花城さんのグラスも洗いますから、持ってきてください」

「頼むよ」

すぐ背後に花城の気配を感じて背中がくすぐったい。同性の相手にどうしてこんな気持ちになるのか不思議で仕方がなかった。

（相手がヤクザの若頭だからかな。花城さんが、格好いいから？　でもだからって。これじゃあまるで……）

　頭の中でいろいろなことを考えていると、桜智の背後から伸びた手がシンクにそっとグラスを置いてきた。

「明日、よろしく頼む。桜智さんがいなかったら、きっと成り立たなかったからね」

　花城の顔がすぐ近くまできて、やさしく甘い声で言われて頬が赤くなる。花城からシトラスの香水が香ってきた。食べ物商売をしている桜智は香水の類いをつけないから、そういう香りを嗅ぐと妙に緊張してしまう。

「はい、頑張ります……義樹さんも時雄さんも、張り切ってました……」

　動揺を隠すように桜智はグラスを洗い、かけてあるタオルを手に取って水滴を拭う。

「それじゃ、今日はこれで、帰ります……」

「ご苦労様。家まで送ろう」

　花城が当然のように言ってくる。しかし車で送られるほどの距離でもないし、女性じゃないので暗い夜道を一人で歩いても問題はない。

「いいえ、大丈夫です。そう遠くないので」

「そうか……わかった。じゃあ玄関まで行こう」

どうしても送りたいらしい花城に、桜智はふふっと笑いを漏らす。

「どうした？」

「いえ、別になにも」

花城は不思議そうな顔をしていたが、桜智はもうなにも言わなかった。自分の鞄にエプロンを突っ込んでそれを肩にかける。花城がダイニングの扉を開けて出て行く後ろを桜智はついて歩く。言葉通りに敷地の門のところまで送ってくれて、また明日、と言葉を交わして帰路についた。

（ふ～、やっぱり疲れたな）

緊張から解放された桜智は、夜の住宅街をゆっくりと歩いていた。明日は今日よりもっと忙しい。帰ったら熱いシャワーを浴びてすぐに寝ようと心に決めるのだった。


翌日、朝早くから桜智は花城家に足を運んでいた。ひたすら作ってはチェーフィングディッシュに料理を移し替えていく。保温できる容器なので作り置きができるから助かる。

「義樹さん！　ミートソースできました！」

「うっす！　すぐ受け取りに行きます！」

パスタの隣にミートソースを並べる。他にもカレーや牛丼の牛肉。その隣には白飯の入った大きな保温釜を並べる。時雄はトレイや皿を入り口付近にセッティングし、クーラーボックスにはビール瓶や焼酎(しょうちゅう)の缶、様々な種類のアルコールが氷水に浸かっていた。

「唐揚げ揚がったよ〜！　ミートボールもお願いします！」

料理は瞬く間に完成していく。ここのキッチンは普通の一般家庭よりもコンロの数が多いのだ。業務用とまではいかないが、三つ口家庭用コンロが二つあるので合計で六個のコンロがフル稼働だ。

「よし、次はフルーツサラダだな」

これは蓮のために作るので量的には少ない。だが作るという作業や手間は変わらないので、とりあえず一度作業台を片付ける。そしてリンゴとオレンジ、キウイにいちご、パイナップルとバナナにミニトマトを出した。ひと口大に切りそろえて、それにプレーンヨーグルトとマヨネーズを入れて混ぜればできあがりだ。

「さっちゃん、それフルーチュサラダ？」

いつの間にか近くに蓮が来ていた。忙しいし、危ないから入ってはだめだと花城に言われているはずなのに、我慢ができなくて来てしまったのだろう。まだ三歳なのだから仕方がない。

「そうだよ。フルーツサラダ。そこにいたら危ないから、こっち……ここに座ってて。今、いちごを切ってあげるね」

「いちごしゅき！」

作業台の近くに椅子を持ってきた桜智は、そこに蓮を座らせた。きちんと座った蓮が興奮気味にそう言って両手を挙げる。サラダに使ういちごは多めに買ってあるので、食べやすいようにヘタを取って四分の一に切ってから小さな器に入れた。冷蔵庫から練乳（れんにゅう）を出した桜智はいちごにぐるっと回しかけてフォークを添えて蓮の前に出す。

「ほぉぉぉぉ！」

驚きの声とともに両手で自分の口を押さえて頬を赤くして感動している。いちごが相当好きらしい。

「それを食べながらおとなしくしていてね」

「はーい！」

いい返事が聞こえてきたので桜智は再び作業に取りかかる。フルーツサラダは切って混ぜるだけなのですぐに完成した。大きめのボウルに入れてテーブルにセットする。そうしている間に時間はどんどんすぎていき、ダイニングには桜智一人になっていた。

花城組のメンバーはみな大広間に集まっているようだ。それは蓮も含めて。すっかり用意が整った広いダイニングを見渡した。あと少ししたら一気にここに人がなだれ込んでくるだろう。

　桜智は肩の荷が下りたようにホッとして椅子に座った。今日は何品作ったのだろうとチェーフィングディッシュの数を数える。和食、中華、洋食、そしてスープを合わせて一七品だ。我ながらすごい量を作ったなと思う。そのとき、ピーピーピーとタイマーの音が聞こえてはっとした。

「そうだ、もう一品あったんだ」

　桜智は立ち上がる。冷蔵庫の中で休ませていたローストビーフを取り出した。これはほしいという人の皿に桜智が切り分けて盛ることになっている。

　フライパンで焼き色をつけたあと湯煎で作ったローストビーフだ。失敗知らずの作り方である。端っこを切って中の具合を確かめた。切れ端を口に入れ、味がついているかも確認する。

「お、いい感じでできてるな。美味しい」

　肉は切って置いておくよりその場で切って食べた方が断然美味しい。特にローストビーフはそうだ。切って置いておくと赤い肉汁が滲み出て盛り付けられた皿を汚す。高級レストランではないから別に気にはしないだろうが、見た目がよくないので桜智は気になってしまう。

ローストビーフをまな板に乗せてテーブルへ持って行く。乾燥しないようディッシュ用の蓋をして完了だ。あとは希望があれば桜智が切り分ければいい。

しばらくしてダイニングに向かってくる人の声が聞こえる。

（そろそろみなさん来るかな？）

こういうパーティー形式で料理を提供した経験がないから、気に入ってもらえるかわからず緊張する。ビュッフェのメニューは、義樹にみんなのリクエストを聞いてもらって決めた。

「今回は義樹が作ったのか？」

「いえ。オヤジ、違うって言ってるじゃないですか。かの屋さんです、かの屋さん。いつも夕食に出る惣菜屋の」

「ほお、かの屋さん」

年配の男性と義樹の会話が聞こえてすぐにダイニングの扉が引かれた。入ってきたのはグレーの着物に萌葱（もえぎ）色の羽織を着た年配の男性である。髪はロマンスグレーでオールバック。なによりもその雰囲気が他と違う。目尻に皺を寄せてやさしそうに笑みを浮かべてはいるものの、入ってきてすぐに桜智に気がついて値踏みされる。

「……っ」

桜智のことはきっと花城や義樹が話していたのだろうが、会うのは今日が初めてだ。桜智を観察するのは当たり前だろう。

(なんか、すごい空気感。……極道の組長って、他の人とこんなに違うんだ)

一瞬で周囲の空気がピリッと張り詰めたようになる。周りには桜智の知らない顔がたくさんで、その人たちを目にして背筋が伸びた。

「君がかの屋の……皆倉さんだね。章介から聞いてるよ。わしは花城浩太郎。この組の長だ。今日はどうもありがとう」

花城組の組長が桜智の前で立ち止まり、労いの言葉をかけてくれる。年齢は六十代とのことだが、着物姿も相まってもう少し年嵩に見えた。貫禄があるというのが正解だろう。

「い、いえっ……お口に合うかどうか、わからないですが……」

「そうかしこまらないでくれよ。今日は楽しませてもらうよ」

桜智に声をかけてから、一番奥に用意された小上がりの和室に入っていく。そこだけは座敷用のセットが置かれてあり、組長用に時雄が準備したものらしい。ビュッフェはいいが、やはり畳がいいという組長の希望だ。

「オヤジ、すぐ酒を持ってきますんで」

組長の周りで数名の組員が気を利かせて動いている。酒と料理を皿に取ってテーブルへと運んでいた。少ししてからダイニングの入り口から女性が入ってくる。藤色の着物に濃紺の帯を締めた気の強そうな目つきの女性だ。

「姐さん、お疲れ様です！」

近くにいた組員が頭を下げる。きれいに整えられた髪はアップにされていて、髪飾りは明るい紫色の藤（ふじ）の花だ。所作は上品で、桜智の前をゆっくりと通り過ぎていく。組長のように桜智に声をかけることはなかったが、彼女の雰囲気も組長と同じく周りを緊張させるようなオーラが感じられた。

姐さんと呼ばれた女性は組長の隣に座り、組長となにやら楽しそうに話をしている。とりあえず料理は好評のようだ。他の組員も好きなものを好きなだけ皿に乗せている。

「あの、かの屋さん……っすよね？　ローストビーフって食えるんすか？」

盛況ぶりを眺めていた桜智に声をかけてきたのは知らない顔だ。濃紺のストライプ柄のスーツを身につけた男性の髪は五分刈りで、目つきが異様に鋭い。かけられた声もドスが利いていて、こんな声でもし怒鳴りつけられたら恐ろしくて腰を抜かすだろう。

「は、はいっ。切りますよ。ちょっと待ってくださいね」

桜智はドキドキしながらもステンレスのディッシュカバーを取ってローストビーフをス

ライスしていく。すると、俺も俺もと希望者が桜智の前に並んでいく。みんな強面の男性ばかりだが、その顔はみな笑っていた。自分の料理で笑顔にできているのだと思うとうれしくなる。

「こんな感じで飯を食うのが初めてっすけど、なんかいいっすね」

桜智の隣にやってきた義樹がうれしそうな顔で話しかけてきた。

「そうですね。美味しい食事って人を笑顔にしますからね」

各々が好きな料理を皿に盛り付け、楽しそうに食べながら話しているのを見ると桜智もうれしくて自然と笑顔になった。

「さっちゃん、僕のフルーチュサラダあいますか？」

エプロンを引っ張るのは蓮だ。手にはサラダ用の小さな器を持っている。

「あるよ、フルーツサラダ」

桜智はにっこり笑って蓮から器を受け取った。フルーツサラダのある場所に移動して、大きなサラダバースプーンで蓮の好きないちごを多めに器に入れてあげた。

「よし、あそこのテーブルで食べようか」

「はーい」

蓮と一緒にテーブルに移動し、座面の高い椅子に蓮の体を持ち上げて座らせる。テーブルの方が少し高いようで、フルーツサラダを食べにくそうにしていた。

（なにか座布団みたいなのを敷いた方がいいよな）

このままだと口に運ぶ前にこぼしてしまいそうだ。桜智は持ち場を離れると義樹に言い、蓮の尻の下に敷けるような座布団を探しにダイニングを出た。

（確か、花城さんの寝室にあった椅子に、座布団があったよな）

さっと行って取りに行くだけなら大丈夫だろうと廊下を歩く。寝室の場所はもう覚えた。突き当たりを左に曲がって二部屋目の和室だ。障子を開けようとして話し声が聞こえて桜智は動きを止めた。

「そんなにいやな顔をしなくてもいいでしょう？　お父様は乗り気だし、話を進めていいってお母様も言ってらっしゃるのよ」

「結婚相手は自分で選ぶと言ってある。だがそれは礼香、お前じゃない」

花城の声と若い女性の声が聞こえた。立ち聞きはしたくないし、と桜智は来た道を静かに戻り始める。しかし頭の中で花城の言葉が響いていた。

（結婚相手……。あの女性、花城さんの親が決めた結婚相手？　そうだよね、年齢的に結婚は考えるか）

花城は三十三歳だと言っていたし、結婚して蓮くらいの子供がいてもおかしくないだろう。花城が誰かと結婚するというリアルな話を耳にして、桜智はなぜか胸のざわめきを止められなかった。

「なん、だ……これ」

廊下の途中で立ち止まり、桜智は自分の胸を手で押さえた。この胸の痛みはなんだろうと自問する。まるで心臓発作でも起こしたかのようにぎゅっと痛くて、そのくせ嫌なリズムで拍動していた。

「あれっ、皆倉さんこんなところでなにしてるんすか？」

背後から声をかけられてビクッと肩を揺らした。振り返ると時雄が座布団を手に立っている。

「あ、あの……蓮くんが椅子に座りやすいように、その、座布団を探しに……」

「ああ、これっすね。俺もそう思ったんで取りに行ってました」

「あ、そう、なんだ……僕、見つけられなくて」

「そう、ですか。なんか、皆倉さん顔色悪くないですか？」

時雄に指摘されて笑顔が引きつった。自分がどんな顔をしているのかわからなくて、思わず頬に手を当てる。

「そう？　別に、なんでもないですよ」

花城と女性の会話を聞いて、気づいた自分の気持ちから目を背ける。不自然な笑顔に時雄は特に疑問を持たなかったようで、じゃあ戻りましょう、と桜智の隣を通り過ぎて歩いて行く。そのあとについて桜智もダイニングへと戻った。

桜智よりも先に花城はダイニングに戻ってきていて、その姿を見つけて目で追った。彼の隣にはきれいな女性の姿がある。組長の奥さん以外に女性はいないから、さっき部屋で花城が話していた相手だろう。

(なに話してるんだろう)

花城の隣で楽しそうにしている女性は、長い黒髪で少し吊り上がった目尻は気が強そうに見える。メイクは濃いめだ。着ている服はこの中では浮いてしまいそうな派手なものである。体のラインがわかるピッタリした布を身に纏い、胸元はチップでも差し込みたくなるくらいに谷間が見えていた。赤一色の服で、ミニスカートから見える魅惑的な二本の足は男性を虜にするだろう。

「あの人のこと、気になるっすか?」

時雄が桜智の目線を追って、女性を見ていることに気づいて声をかけてきた。

「いや、別に……気になるとかでは、なく……」

「あの人は条ノ内組の組長のとこのお嬢さんっす。若の婚約者なんでよく顔を見せるんっすよ。若もこれでやっと身を固めることになって、花城組も安泰っすね」

「あ、もう婚約されてるんですね」

「う～ん、まあ、そう思ってるのはオヤジと姐さんと礼香さんだけなんすけど、でも俺らも若の結婚は賛成なんすよね」

どうやら花城の結婚は本人以外は進めたいらしいと知って桜智の心中は複雑だった。花城に対しての気持ちに気づいてから、結婚する事実を知ってしまうなんて。

かの屋の常連でいつも顔を合わせて、その日あったことや蓮と他愛ない会話。花城には惣菜を褒められて、会うたびに楽しい気持ちになった。花城が来ない日は妙に寂しくて、明日は来るかな、と待ちわびることもあった。

（花城さんのことを好きだって気づいたのに、最悪だ）

気づいた瞬間に失ったこの感情は、恋だ。

「……はしないんすか？」

「え？」

失恋したんだな、とぼんやり考えている桜智に時雄が何度か話しかけてきて、ようやく桜智は反応した。

「だから、皆倉さんは結婚とかしないのかなって、聞いたんすよ」

「あ、ああ~結婚ね、ん~全く全然……考えてないです。その前に付き合っている人もいないし……」

店を続けるだけで今は精一杯で、終始そのことばかりを考えてきた数年だった。店を経営していたら彼女なんてとてもじゃないができない。お見合いをすれば話は別だが、桜智と結婚をしたら確実に一緒に店に出なければだめだし、そういうのが好きな女性はそう多くないと思う。

(結婚は、本当に考えたことなかったな……)

桜智の視線は自然と花城のいる方向に向けられる。しかし目に入るのは花城だけではなく、その隣にいる礼香の姿も同時に見えて胸が痛む。

(参ったな。同性相手にこんな気持ちになったのは初めてだ。しかも相手は花城さん……だなんて)

花城が礼香と結婚すれば、惣菜を買いに来るのは蓮と礼香になるのか、もしかしたらもうかの屋には来なくなるかもしれない。そんな嫌な想像をして、それは絶対に見たくないと思った。

「ほんと、……参ったな」

ぽそっと桜智は呟いたが、その前にかの屋の方が先になくなるかもしれない。悩む必要なんてないじゃないかと笑いが込み上げる。

「なにか言いました？」

　桜智の呟きに気づいて、時雄が聞いてくる。

「ううん、なんでもないですよ。お料理が足りているかちょっと見てきますね」

　桜智は時雄に笑顔を見せて、ディッシュ皿を見に行く。人気のあるいくつかの料理はもう底が見えているようだ。もちろんローストビーフは初めのうちになくなってしまった。

「口に合ったようでよかった」

　桜智は空になったチェーフィングディッシュを回収していく。使用済みの皿やカトラリーを集めシンクへ運ぶ。食事は十分行き届き、今は酒を飲みながら話に花が咲いているようだ。料理や酒を運ぶのは義樹や若い衆で、アルコールの予備もまだ足りているようで安心する。

　シンクで汚れ物を洗い始めると、隣に誰かの気配が近づいた。桜智が顔を上げると花城が立っていた。

「今日はありがとう。助かったよ」

「いえ、僕も初めてだったのでちゃんとできるかどうか心配でしたけど、みなさん概ね満足されているようでよかったです」

「料理は若い衆に好評だった。伯父貴は酒と酒の肴があれば満足だな。オヤジもかの屋さんの肉じゃがを食べられて満足だったみたいだ」

花城がまだ宴会の雰囲気に包まれている広いダイニングを眺めている。するとここに花城がいるのに気がついた礼香が、にっこりと微笑んで手を振ってきた。手に持っているグラスを僅かに掲げ、花城がそれに応えている。

桜智は花城の横顔を見つめながら、結婚するんですか？　という質問が喉元まで出かかっているのを必死に我慢した。

(僕の気持ちは、きっと花城さんの邪魔になる)

知られてはいけない、悟られるのもだめだ。ついさっき気づいた自分の気持ちが、コントロールできなくなるようなことになってはいけない。花城とは一線を引いた状態で、店主と客の関係を保たなければいなければいけないのだ。

それなのに傍にいる花城が気になって仕方ない。全身で花城を意識して、全身がピリピリするような初めての感覚に動揺する。

「桜智さんはちゃんと食べた？」

花城が不意にこちらを向いたので、桜智は慌てて顔を背けた。動揺を隠すようにシンクの中の汚れ物を洗い始めた。

「僕はいいんです。味見だけでお腹いっぱいになったので」

正直、それだけで腹は満たされていなかったが、今はもういろいろな感情が胸を渦巻いているから空腹なんて感じないのだった。

第三章

季節はいつの間にか夏を感じられるくらいに日差しが強くなっていた。桜智のこめかみからツツ……と汗の筋が流れてきて、それを近くに置いてあるタオルで受け止める。店内でなにかと体を動かす桜智は、常に額に汗を滲ませている。

かの屋は日常を取り戻していた。冷蔵ショーケースにはいつもと同じく美味しそうな惣菜が並んでいる。元気に笑顔で接客をしても、すぐに桜智の顔からその笑顔が消え去った。少し前、このアパートのオーナーが立ち退きについての説明会を開いたのだ。それを聞いてからというもの、桜智の気持ちは落ち込み気味だ。

——本当に、ほとんど出ないんですね。

説明を聞いた桜智の第一声はこれだった。大家さんはこの辺りの地主だが、商業施設が入っているビルや、桜智のお店が入っているようなアパートをいくつか持っていた。店を移転するにはそれなりに資金がいる。だがすべての商店の移転費用を満額支払えるはずがなかった。

――申し訳ないね……さっちゃん。

糸のような目で目尻を下げた白髪の老人が、テーブルの向こう側で申し訳なさそうに頭を下げる。しかし桜智に怒りは湧いてこない。祖母と仲がよかった地主さんで、桜智も子供の頃からよく知っているのだ。

その隣には、立ち退きに関して詳しい説明をするもう一人の男性が座っていて、カッチリしたスーツに身を包んだ真面目そうな顔の弁護士だ。

――いえ、まぁ、そうかなとは思ってました。このアパートの家賃もお店の家賃も、信じられないほど安かったので。

――かの屋さんは……別の場所でお店を出される予定ですか？

弁護士の男性に桜智はそう聞かれて言葉に詰まる。雀の涙ほどしか立ち退き料が出ない中、他の場所を借りて営業を続けるには資金が少なすぎた。貯金が少しあるとはいえ、それを全部使っても今と同じ広さのところは見つからないだろう。それと同時に住まいも探さなければいけない。

――この金額だと、住むところしか探せないので。店は……たたむことになりますね。

――申し訳ない……。

桜智の言葉を聞いて、白髪の頭をテーブルにつくほど下げてくる。その姿がとても弱々しく今にも消えてしまいそうな感じで桜智は胸を打たれた。どんなに頑張っても提示金額しか出せないと言われ、桜智はそれで納得して判を押すしかなかった。

立ち退きまで一ヶ月しかない。店をたたむことを考えながら日々の仕事を続ける。それは隣の豆腐店や生花店も同じだった。だが、他の二店舗は、店主が高齢ということもあり、移転は考えないで閉めると言っていた。

（岩佐さんのところはお店をやめるって言ってたし。僕は早く住むところと仕事……探さないとな）

大学を出てから就職をしたが、すぐにかの屋を手伝うことになったので仕事は辞めた。だからほとんど社会経験がない。桜智にできる仕事は料理を作ることだが、どこかで雇ってもらうしかないかなと、そんなことばかりを考えていた。

「うわっ！」

冷蔵ショーケースの肉じゃががもうなくなっていたので、冷蔵庫のストックを出そうとした。しかし立ち退きの件が頭から離れず、桜智は手を滑らせてトレイを落としてしまった。足元に冷えた肉じゃがの海が広がる。

「ああ〜くそっ、なにやってんだよっ」

自分に叱咤して床に転がっているじゃがいもやにんじんをかき集める。これでもう夕方の肉じゃがは完売のプレートを出すしかない。落ちて崩れたじゃがいもを集めながら、情けない自分に涙が出そうになった。

かの屋がなくなる。

守っていこうと思っていたこのお店を閉めなくてはならない。

他の場所でかの屋をオープンさせる術もない自分が不甲斐なく、祖母に申し訳なくて毎日仏壇の前で謝っていた。

桜智の頭の中はかの屋のことばかりで、ここのところミスばかりしている。このままではもっと大きな失敗をしてしまいそうだ。床の掃除をようやく終えて立ち上がると、そこに花城の姿があった。

「あっ、いらっしゃい、ませ」

驚いた顔でそう言うと「こんにちは」とやさしい笑顔を向けてくれる。不安に押しつぶされそうになっている桜智の気持ちが、その笑顔でふわっと浮上していく。

今日もカッチリとしたスーツが決まっている。髪も丁寧にスタイリングされていて、今日も花城には一分の隙もないように見えた。

「あれ？　今日は蓮くんはどうしたんですか？」

そう聞いてまだ昼もすぎていないことに気がついた。花城と蓮が来るのはいつも夕方前だ。蓮は幼稚園の制服を着ているので、お迎えの帰りに寄ってくれていたはずだった。

「蓮はまだ幼稚園だよ」

「そう、ですよね。まだ昼前でしたね。いつもお二人一緒なので。あはは」

桜智が笑顔を見せると、花城が怪訝な表情に変わる。

「浮かない笑顔だね。なにか困ってる?」

「え、そう見えますか?　あ～、さっき肉じゃがの入ったプレートをひっくり返してしまって、午後の肉じゃがが出せなくなったので」

桜智はまた営業用の笑顔を顔に貼り付ける。敏感に察する花城には、愛想笑いも営業スマイルも見破られてしまう。笑顔の裏になにかあるのではと、勘づいて心配される。その見抜く能力には叶わなかった。

「全滅した感じ?」

「もう、きれいに全滅です」

それは大変だ、と花城が肩を竦めて言う。もしかしたら、花城は肉じゃがを目当てに買いに来たのだろうか、と桜智は焦る。慌てて冷蔵ショーケースの肉じゃががどのくらい残っているのか、覗き込んで確認した。

（まだだいぶあるな。よかった。いつもだったら五、六人前くらい購入されるし、それくらいなら間に合いそうだ）

冷蔵ショーケースを覗き込んでいた桜智が顔を上げると、ショーケースを眺めているのかと思いきや、花城は桜智の様子を覗っているように見えた。桜智になにか用事があるのだろうか。

「今日はなになされますか？」

「やはりなにか悩みがある？」

二人の質問がぶつかり合って、桜智は「え？」と目を見張った。

「やはり悩んでいるように見えるから」

再び問われて桜智は言葉を詰まらせた。肉じゃがのせいではないだろう？　と聞かれているのがわかり、桜智はさっきよりも笑顔で「なにもないですよ」花城に笑いかける。

「桜智さんはつらいときほど笑顔になるのかな？　心とは反対に」

「そ、そんなわけないですよ。どうしてそんな……」

「本当に笑っているかどうか、私にはわかるから」

冷蔵ショーケースを挟んで花城と会話しながら、桜智はなにか変だなと感じ始めていた。様子がおかしいのを聞かれたのは気遣いだとわかる。しかしいつまで経っても注文を口にしないのだ。冷蔵ショーケースにも興味がないようで、一体なにをしに来たのだろうと桜智を困惑させている。

「いや、あはは……花城さんにそんな能力があるなんて」

桜智は苦笑いで誤魔化したが、真剣な眼差しの花城からは逃れられそうにない。

「実は……」

観念したようにこの一帯の建物が取り壊されて更地になることを伝える。かの屋も閉店させて住まいも移ると説明した。黙って聞いていた花城は目を伏せた。

「そうか。この場所にかの屋がないのは寂しいな」

看板を見上げて静かに言い、寂しそうな顔をする。

「ここは商店街ができる前から店を構えてたというので、アパートと同じく五十六歳くらいになると思います。老朽化は仕方がないけど、僕の代でかの屋を終わらせるのは……さすがにつらいです」

そこまで話して、妙にしんみりした空気になってしまったのを振り払うように、桜智は花城に笑顔を向ける。

「すみません、なんかご心配おかけしちゃって。それで、今日はなににしますか？　昼前なのでどれもたくさんありますよ。あ、肉じゃがは出てるだけになりますけど」

桜智が冗談っぽく言うと、花城が僅かに両肩を上げて笑みを浮かべた。それでも注文をしないので桜智は怪訝な顔になる。

「今日はちょっと桜智さんに相談があってきたんだ。この間のビュッフェ、かなり好評だったから……その腕を買いたいと思っていて」

「あ、もしかしてまたこの腕を出張させますか？」

腕を上げ力こぶを作る格好をしてみせる。このまま出張料理サービスでもやろうかと思ってしまう。とはいえ、一人でできるのにも限界があるので、さすがに仕事としては無理だろうとも思うが。

「いや、いつも男衆の食事を作っていた義樹が腕を折って……そのことで、ちょっと桜智さんに相談したいなと思っていて」

話を聞いてみれば、キッチン用品を取ろうと脚立に上り吊り戸棚を開けて作業していたときに、足を滑らせて落下したという。突いたのは利き手で、手首と尺骨(しゃっこつ)を見事に骨折したらしい。全治三ヶ月と言われ日々の食事が乱れまくっていると説明された。

「義樹さん……骨折されたんですか」

「あいつ以外に食事を作らせてもいいが、かなりひどい。もうそれは壊滅的に。うちは他と違って本宅に住んでいる人数が多いから、食事する人数も多い。大人数の食事を作るのはかなり大変だからね」

「あ〜そうですよね。毎食、でき合いのお弁当では味気(あじけ)ないですし」

「義樹の料理の腕が上がるまでは、かの屋さんの惣菜で繋ごうと思っていたんだが、そのかの屋さんもなくなるのでは……」

最近、惣菜の購入量が増えていた理由がわかった。義樹の骨折がよくなるまで桜智のところの惣菜で乗り切ろうとしていたのに、そのかの屋がなくなるので困ったということらしい。

「そうだったんですね」

「これからもかの屋さんを利用させてもらおうと思ったけど、店はいつまで営業を？」

「えっと、立ち退きまで一ヶ月ないので、あと一週間くらいで。荷造りとかいろいろありますし」

「一週間……それは急な話だ」

花城の表情が暗くなる。店の前に閉店の張り紙を出してから、こういう会話をもう何人としただろう。常連さんはみんな残念がっていた。

——もうさっちゃんの作ったカボチャの煮付け、食べられないのかぁ。

——えっ！　かの屋さん閉めちゃうの!?

——他の場所でまたお店営業するのよね？

驚きとやさしい言葉を桜智に贈ってくれた。祖母の代から引き継いだときはどうなることかと思ったが、今は常連さんの胃袋をがっつり握っていた。だからこそ温かい言葉をかけてもらえるのだ。

「そうなんです。こうして花城さんとお会いできるのもあと僅かですね」

ズキンと胸が痛んだ。引っ越しや店を閉める準備でどんなに忙しくしていても、花城への気持ちは消えることはない。だからこうして本人を目の前にすると、無意識に胸から気持ちが飛び出そうな感覚になる。

（誰かを好きになるって、こんな感じなんだ。話すだけで気持ちがふわふわする。うれしくなる）

今までの恋愛対象は女性だった。普通に付き合ったし、これまで違和感を覚えたこともない。それなのに花城は別だということに未だ混乱する。

「そこでちょっと相談なんだけどね……」

花城が神妙な顔で話を切り出してくる。なんだろうと聞いていれば、義樹のかわりに花城組のキッチンに立ってみんなの食事を作ってほしいというのだ。一度ではなくしばらく、という提案だった。

「僕が、花城さんのお家で、食事を……？」

「うん。住むところも探すというなら、見つかるまで住み込みで来ればいいし。その方がゆっくり住まいを探せるだろう？　でも、ヤクザの住んでいる家に一緒にいたくないと思うなら……気兼ねなく断ってくれていい」

「あ……えっと――」

即答できる提案ではなかった。花城への気持ちは物理的に離れることで消えるだろうと考えていたのに、住み込みで料理人なんてすれば今よりもっと近くにいることになる。そんな近くでこの気持ちを抑えていられる自信がない。それに花城の結婚話を耳にすることもあるだろうし、そういう二人を目にすることだってあるだろう。

（そんなのは、見たくないな）

けれどこれっきり会えなくなるのもきつい。桜智の気持ちは湖面に浮かぶ木の葉のように複雑に揺れていた。

（これは、花城組のみんなには悪いけど、断るしかないか）

少し考えますと花城には答えた。いい返事を期待していると言って、その日はかの屋の惣菜を初めて購入しないで花城は帰ってしまった。冷蔵ショーケースには花城が大好物の海老のしんじょう揚げが並んでいるのに、目に入らなかったらしい。

（びっくりした。まさか、住み込みで料理人を頼まれるとは思わなかったな）

花城の後ろ姿を見つめながら、最後に彼が言った言葉が桜智をさらに誘惑する。

――桜智さんが来れば、蓮も毎日楽しいと思う。

あのかわいらしい蓮に毎日会えるのは確かに高ポイントだ。あのふにふにの頬に触れるし、小さな手をいつだって握れる。蓮を持ち出すなんてずるいなと思ったが、それは口にしなかった。

（花城さんや蓮くんといられる時間は長くなるけど、あの礼香さんと一緒にいる花城さんを目にすることも増えるんだろうな。それはちょっと……嫌だな）

桜智の気持ちはずっと揺れ動いていた。ヤクザの家に住み込みというのは抵抗はあるし、礼香のことも気がかりだ。けれどそれ以上に花城や蓮と離れるのはつらいのだと気持ちが訴えてくる。それに料理をするのは桜智の生きがいだ。自分以外の誰かに食べてもらえるのはうれしい。

ビュッフェの料理を担当し、それをみんなが美味しそうに食べていた光景は忘れがたい。強面の男衆ばかりだったが本当に喜んでもらえた。またあの瞬間を味わいたいのも事実だった。そこまで考えて気づく。答えはひとつしかないと。

桜智は店の外に出てかの屋の看板を見上げる。料理を食べてくれる相手は、どんな人でもかまわない。美味しいと言って笑顔になってくれるのなら。

「ばあちゃん、かの屋、僕の代で終わっちゃうけど、この看板は残すから」

初めの頃は白木に黒い墨（すみ）で書かれたきれいな看板だったらしいが、年月とともにそれは風雨にさらされて変色していき、今は濃いブラウンの雰囲気ある看板になっている。それはそれで味があっていいなと思うし、店がなくなってもこれだけは残したいと考えているのだった。

そして数日後、花城に住み込みの料理人として花城家に入ることを伝えた。店の後始末と自宅の荷造りはそう難しくはなかった。店の中で使える電気製品は格安で引き取ってもらい、自宅の荷物も処分するものの方が多かった。

かの屋の看板は丁寧に取り外し、花城家に持って行く予定だ。店はなくなってもこの看板だけは捨てられない。捨ててはいけないものである。

ボストンバッグを両肩にかけて、桜智は花城の家の門の前に立っていた。荷物の大半は先に送ってしまったので、荷物と桜智の体が最後だった。大きな鉄製の門扉を見上げ、今日からここで生活するのかと妙な気持ちになる。

ヤクザの家なんて物騒だと思ったが、これまでそんなトラブルには全く遭遇していない。大家族の団らんや、見た目は怖くても穏やかな人たちばかりだ。

テレビやドラマで見るような抗争や事務所襲撃、血が流れるようなケンカには一度も遭っていない。それどころかみんな桜智によくしてくれて、自分のいる場所がヤクザの本宅とは思えないほどだった。それもあって桜智が住み込みで仕事を請け負うのにそれほど恐怖はなかったのだ。

インターフォンを押す前に、その大きな門扉がゆっくりと開く。

「いらっしゃいっす」

顔を見せたのは時雄だ。きっと建物の周辺にある監視カメラに桜智の姿が映ったのだろう。それで気がついて出てきたらしい。

「どうも……こんにちは。お世話になります」

桜智は丁寧に頭を下げると、時雄が慌てたように両手を振ってくる。

「そんな改まらないでくださいっす。うちに皆倉さんが来るって聞いたときのうちの連中、飛び上がってたっすよ。皆倉さんはうちではアイドルみたいな存在なんで！」

妙にテンションの高い時雄に迎えられ、桜智は頬を引きつらせながら笑う。こんなに歓迎されるとは思わなくて驚く。よほどひどい食事をしていたのだろうか。

「あはは……そんな大げさな」

「大げさじゃないっすよ。義樹の料理は腕を折ってもそうでなくても同じっすよ……ほんと。義樹が厨房担当なのが不思議なくらいで。桜智さんにあんな丁寧に教えてもらったのになんでだか……」

時雄と話しながら玄関までやってくる。両開きの扉が開くと、廊下をこちらに向かって歩いてきた花城と目が合った。

「あ、あの、今日から……よろしく、お願いします」

まるで下宿にやってきた学生の気分だ。しかしここは男衆がいっぱいいる危険がたくさんのヤクザの本宅。どんなに穏やかな人が多くても桜智が想像できないようなことが起こるかも、と肝に銘じておかなければならない。

「ようこそ、桜智さん。待っていたよ」

花城の腕には蓮が抱かれていて、その両手は桜智の方に伸びていた。

「さっちゃーん、さっちゃーん！」

「おいおい、すぐ下ろすから暴れるな。落ちるぞ」

花城の腕でジタバタと暴れる蓮が床に下ろされる。すると風のように蓮が桜智の方へと駆けてきた。

「おっと、すごい勢いだね」

荷物を持っている桜智に体当たりをするように抱きついてきて、思わず足元がふらついてしまう。

「さっちゃん、ずーっとここにいますか？　僕とお風呂、ちますか？　一緒に寝ちゃいです！」

飛びついてきた蓮に質問攻めにあう。こんなにはしゃいで喜んでいる蓮を見るのは初めてだ。この笑顔を毎日見られるなんて天国だな、と桜智は頬を緩ませた。

「お風呂もご飯も一緒だよ。ずーっとは……わっ！」

テンションの上がった蓮が桜智の服を掴んでぴょんぴょん飛び跳ねるので、重い荷物も相まって桜智はバランスを崩した。転びそうになったところを、花城がナイスタイミングで支えてくれる。

「おっと、危ない。蓮、そんなに服を引っ張ってはだめだろう」

「……っ、はい、ごめんなしゃい」

桜智の服を掴んでいた蓮の手が離れていく。しかし桜智は目の前に迫った花城の顔から目が離せない。少し首を動かしたら唇が触れそうな距離にいるのだ。

仰け反った桜智の腰辺りに花城の腕があり、後ろに転びそうになっている体を支えてくれている。仰け反ったぶん、花城の体が前屈みになるのでますます顔が近い。

（まずいまずい……っ、なにこの体勢！）

花城は蓮を叱りながら傾いた体を起こしてくれるが、顔は熱くなりパニックである。転びそうになったのも花城に助けられたのも恥ずかしいが、なにより桜智が花城を意識しまくっているのが原因だ。さらに触れられた腰には花城の感触が残っていた。

「さっちゃん……お顔、赤いです。だいじょぶですか？」

心配そうな顔の蓮が見上げてくる。自分のせいでそうなったのではと思っているようだ。

「うん、大丈夫。荷物が重いせいだよ」

桜智はそう言いながら玄関ホールの床に荷物を置かせてもらった。そして立ち上がり、花城に「すみません」と謝った。

「荷物が重くて、よろけてしまって……」

「気にしないで。蓮がダメ押しでしがみついたからだ。荷物は時雄に持たせるよ」

「あ、いえっ！　自分のですし、そんな……」

いいから、と花城に手で制された。視線だけで察した時雄が、桜智のボストンバッグを軽々と肩にかけて奥へと歩いて行ってしまう。

「それじゃ、桜智さんの部屋に案内するよ」

「……は、はい」

玄関で靴を脱ぎ、桜智はちゃんとそれを揃えて立ち上がった。蓮が桜智の手を握ってくるので手を繋ぎ、先を歩く花城のあとについていく。

この家で知っているのは、花城の寝室とその先にあるキッチンとダイニングだけだ。それ以外はどのくらい部屋数があるかもわからない。正面からこの建物を見たとき、大きいなとは思ったが、それは桜智の想像を超えていた。

一階は花城の寝室と他に四部屋。一番広い部屋は組長とその奥さんが使っていて、広縁から庭が望めるらしい。二階は五部屋もあって、若い衆が住んでいるという。さらには離れもあるようで、そこは露天風呂を完備していると説明された。

（まるで旅館だな）

そんな感想を持った桜智は、案内された部屋にまた驚かされる。外観は和風だが、二階にある部屋は洋間仕様だ。まるで寮のように扉が続いていて、一番奥まで来ると扉を開けて中に通された。

「今はここしか開いていなくて、もう少ししたら庭に別棟を建てさせるから待ってほしい」

「えっ、いや、僕はここで十分ですけど」

「そう、桜智さんはそれでよくても、たぶん他の人が……そうはいかなくて」

花城が妙に難しい顔をしている。言葉の意味がわからなくて桜智は首を傾げた。

部屋にはベッドに机、本棚にチェスト、テレビにブルーレイ、生活に必要なものは一通り揃っている。先にやってきた桜智のボストンバッグも隅っこに置いてあった。

この部屋で十分なのに、花城はなにがだめだと思っているのだろうか。部屋の窓を開けて外を覗き込み、下や左右を確認している。それから扉の鍵を何度もチェックして「鍵は追加だな」と呟いた。

「花城さん。平気ですよ。ここには頼もしいみなさんがいますし、泥棒なんて入りませんから」

桜智が苦笑いで言うと、扉の前でしゃがんで鍵をチェックしていた花城が立ち上がった。

「泥棒や外部からの侵入は気にしていないんだ。問題はここの若い衆に桜智さんの人気が高いから、そっちを気にしている。なにせ若い連中は我慢が効かないからな」

花城の真剣な顔を見つめて、桜智はぽかんとする。外部ではなく花城組の若い衆が桜智になにをするというのだろうか。意味がわからないという顔をしていると、花城が近づいてくる。あまりに近いので桜智は思わず後ろに下がっていき、窓に背中が当たって止まった。

「あ、あの……なん、でしょうか」

「桜智さんは自分がわかっていない。君はものすごく色っぽいんだ。若い衆が今にも飛びつきそうなくらいね」

「は？」

桜智はますます怪訝な顔になる。花城が桜智の両腕を掴んできた。触れられてビクッと体を強ばらせ、なにがどうなってるのかと大混乱だ。

「桜智さんが住み込みになると知って、うちの若い衆が色めき立った。特に義樹は……」

そこまで言って花城が言葉を飲み込む。義樹が一体なんだというのだろう。料理を覚えようと一生懸命な青年としか思えなかったが。

「あっ！　若……なにしてるんすか？」

部屋の扉を開けて入ってきたのは時雄だ。その声に気づいてもう一人、義樹も顔を覗かせている。

「なにって、部屋を案内していただけだ。お前らなにしに来た」

いつになく低い声で二人を威嚇する花城に桜智は驚く。さっきから花城は一体なにを心配しているのか。桜智にはさっぱりわからなかった。

「本当っすか？　桜智さんに抱きつこうとしてませんでしたか？　礼香さんという人がありながら……」

時雄が腕を目に当てて泣き真似をして見せた。その後ろで義樹もじっとりとした目で花城を見つめている。

「ど、どういうことですか……？」

「桜智さんは無自覚なんだな。こういうことだ」

掴まれた腕を引き寄せられ、あっという間に花城の顔が近づいた。

「……んっ」

唇が触れあって、後頭部に花城の手が当てられる。逃げようにも頭が動かなくて無理だ。

「う……んんっ」

桜智がくぐもった声を上げ唇を割って舌が入ってきた。そのとき初めて桜智は我に返り花城を押し返すと、ようやく唇が解放される。鳩が豆鉄砲を食らったような顔で固まってしまった。

「こういうことをみんながしたいと思っているってことだ」

「若っ！　な、な、なにしてるんすか！　れ、れ、礼香さんという人がいながら……っ」

「そうですよ！　若！　礼香さんが泣きますよ。相手が男とはいえ、こんな……こんなきれいな人と、キ、キ、キ、キスしちゃあ！」

キスをされたのは桜智なのに、部屋の入り口に立っている二人がなぜか顔を赤らめている。キスをした張本人の花城はドヤ顔で二人を見ていて、された桜智のことはそっちのけだ。

（え、どういうこと!? なんで僕は花城さんにキスされたの？）

まだなにも言えずに固まっていると、花城が振り返り真剣な顔で見つめてきた。

「みんながこんなことをしたいと思っているなんて、嘘だと思うかもしれないが……本当だ」

住み込みで来てほしいと言ったのは花城なのに、いざここに来て桜智が心配だという。矛盾していると思いつつ、キスされた事実が今ごろ現実を背負ってやってきた。じわ～っと頬が熱くなり顔が赤くなる。

「いや、その……桜智さんが住み込みになると知ったこいつらが、鼻の穴を膨らませて興奮するもので。それでなんでだって問い詰めたら白状した」

「若！ 白状って人聞き悪いっすよ。俺は初めて見たときから……あっ！」

「バカ、時雄。なに言ってんだ。俺は料理を教えてもらってからもう……」

まるでクラスにマドンナがやってきて、それを見に来た他のクラスの男子のような反応をしている。そこでようやく、自分がここの若い衆の男たちに恋愛対象として見られているのだと気づいた。

「いやいや！　だから僕、男なんで！　それに色っぽいとかそんなの、あり得ないですよ！　それに、蓮くんがいるのに、なにしてるんですかっ」

手を広げて体の前で左右に振りながら、懸命に現状を否定する。桜智が女性ならその反応はわかるが、同性相手にみんながみんなそんな感情になるなんて絶対にないと思う。

それに一部始終を見ていた蓮が不思議そうな顔で桜智を見上げてきて、どんな顔をしていいのか困ってしまう。

桜智がどんなに否定しても、目の前の三人はその意見に賛同しているようには見えなかった。さらに蓮の視線が痛くてたまらない。

「皆倉さんは、自分の見た目がその辺の男とは違うって、わかってないんすよ」

時雄の言葉に義樹が大きく頷き、花城も同じ意見のようだ。桜智にはそれが全くわからなくて呆れてしまう。とりあえず荷物を解きたいし、今のキスのことも考えたい。

「あの、申し訳ないですが……少し、休みたいので……」

桜智はそう言いながら、花城を戸口の方へと押していく。時雄と義樹も同時に廊下へと出て行った。

「蓮、こっちにおいで。桜智さんは今から荷物の整理だよ」

花城が蓮を呼ぶ。桜智は蓮の前にしゃがみ視線を合わせた。

「蓮くん、今からあのバッグの中を出してお片付けするから、少しの間お外で待っててね」

「はいっ」

いい返事をしてくれたものの、まだその目は困惑を隠せていなかった。花城と桜智のやりとりやキスを目にしたのだから仕方がない。

(子供のいる前でなにしてくれてるんだよ……花城さんはっ)

内心は悪態をつきながら顔はにっこり笑顔だ。蓮は花城と手を繋いで桜智に手を振ってくる。それに応えて桜智も手を振り、花城と目が合った。

「来て早々いろいろ申し訳ない。さっきのキスは気にしないで。それからすぐに扉に鍵をかけて。いいね?」

時雄と義樹にわからないよう素早くウィンクを飛ばしてくる。部屋の扉が閉まり、言われた通りに扉の鍵をかける。桜智はようやく人心地ついた。ベッドに腰かけそのまま横になり、なんの変哲(へんてつ)もない天井を見つめる。自分の唇に指先で触れて、花城の感触を思い出す。

「キスなんてしなくても、説明だけでよかったのに」

そう呟いてみたが、時雄と義樹と花城に説明されても納得しなかったのは桜智だ。そのあげくのキスである。

「あはぁぁぁあっ……もう、なんで、なんでだよぅ……」

花城への気持ちを押さえなければいけないのに、あのキスでますます盛り上がってしまった。それにここに住んでいる若い衆が桜智を狙うなんて、本当にあるのだろうか。花城の言葉が半信半疑な状態で、新生活を始めることになった。

荷物をなんとかしなければ、とベッドの上で起き上がる。部屋の隅に立てかけられてある白い布に覆われた、かの屋の看板が目に入って近づいた。布を解くと、味のある看板が姿を見せる。

解体が始まる前に間違えて廃棄されないよう、店を閉めたその日に看板を取り外しておいたのである。

「意外と、大きいや」

店の上にかけられていたときはそう思わなかったが、手元に持ってくると想像以上に大きく重かった。長さは約百二十センチ、幅は四十六センチ、厚みは四センチのケヤキでできている。重厚な看板は店の上にかけられていた年月の重みが染みついているようで、歴史そのものだった。

桜智は看板の布をすべて外し、その前に座り込んだ。壁に立てかけた看板は、そこにあるだけで妙な存在感があった。しばらく感傷に浸り、桜智はようやく荷物を解いたのだった。

花城家で桜智の生活が始まった。三食きちんと食べる人と食べない人がいるので、ダイニングにはホワイトボードが置かれた。まるで会社にあるような予定表だ。予定は特に書かれないが、食事がいるかいらないか、だけがわかるようになっている。

「おはようっす、桜智さん」

時雄にキッチンで声をかけられた。今までは皆倉さんと呼ばれていたが、いつの間にかみんな「桜智さん」と呼ぶようになっていた。

「おはようございます、時雄さん」

時雄がダイニングに入ってくると、その後ろから若い男性たちが入ってくる。この花城家に住んでいるのは組長夫婦を含めて全員で十三名ほどだ。今朝は花城を含めて九名が朝食を食べるらしい。

「今日から毎日、桜智さんの飯が食えるなんて感激っす」

各々が席に着いていく。この場所に一番にやってきたのは蓮で、その次が花城だった。桜智にキスをしたことなどまるでなかったかのように「おはよう」と笑顔を向けられて、挨拶をしながら思わず目をそらしてしまった。それでも花城はいたって普通の態度なので肩透かしである。

「各自、トレイを持って一品ずつ取って行ってくださいね」

桜智は作業台に朝食のメニューを並べてある。スクランブルエッグとソーセージ、コールスローの乗ったプレート、クロワッサンやバターロールのパンが積まれたカゴ。ヨーグルトにフルーツの入ったデザート、スープは二種類。コーンスープとオニオンスープだ。

ごくごく普通の朝食だが、男連中は大いに喜んでくれた。特に蓮はずっとご機嫌である。

「さっちゃん……これ、おいちいの」

ヨーグルトの中に入っているフルーツを、フォークに刺して桜智に見せてくる。いちごだ。

「蓮くんはいちご好きだよね」

「しゅき！」

ご機嫌で朝食を食べる姿を見るのはうれしくて、それは蓮だけでなく他の人にも当てはまった。

「おい、まともな飯だな」

「スープまであるぞ」

「うめぇ、朝から美味すぎるだろ」

口々にそう言いながら朝食にがっついている。花城に聞けば、いつもは花城以外は朝食など食べないのだという。しかし今日は誰も寝坊することなく全員が起きてきて、花城も驚いているらしい。

「これも桜智さんの効果だな」

「なにか言いましたか？」

花城に背中を向けていた桜智が振り返って聞くが「別に」と肩を竦めて花城が笑う。珈琲を飲みながら新聞を読む花城は、どこからどう見ても普通のサラリーマンのように見える。とりあえずはみんなが美味しいと言ってくれてうれしい。

朝食を摂ったあとは、何人かは花城や兄貴分と一緒に外出するらしい。昼食はほとんどこの家では摂らないようで、夕食が欲しい人だけがこの場所で食べることになる。

花城家に住み込みの若い衆はほとんど雑用しかしないという。義樹も今日は、兄貴分についていて外回りだと言っていた。

桜智は本当に食事を作るだけで、それ以外の家事は数人で分担してやっているから楽といえば楽だ。空いた時間で住む場所と仕事探しはしなければならないので、暇を持て余すことはない。

花城に今日の予定を聞いてみると、蓮を幼稚園に送ったあとは外回りで、そのあとは接待で夕食を兼ねて外食するらしい。ヤクザのスケジュールがどういうものかはわからなかったが、予定を聞いてもあまり詳しくは教えてくれなかった。

(ヤクザはヤクザだもんね。あまり詳しく聞かない方がいいのかもしれないな)

ダイニングで食事を取る男衆を見ながら、桜智はなんだか複雑な気分だった。これがどこかの学生寮なら、手放しで微笑ましく食事しているみんなを見守ることができるのだろうが……。そう思うも、目の前で美味そうに食事をするみんなを眺めると、もやもやした気持ちはすぐに消えてしまった。

「さ、蓮。幼稚園に行くよ」

「さっちゃんもいくの？」

急に話を振られて桜智は顔を上げた。送り迎えは花城がしているのを知っていたので、それについていくのは変だろう。

「僕は、行かないかな」

桜智が言うと蓮が見るからにがっかりした表情になった。その反応に桜智も胸が痛くなる。蓮に好いてもらえているのがわかっているからだ。

「……さっちゃん、こないの……」

「うん、ごめんね」

桜智が眉尻を下げて謝っても、蓮はしょんぼりと肩を落としている。一度だけ、といってついていけば、きっとその日だけではすまなくなるはずだ。

「花城さん、蓮くんの送り迎えは花城さんがされてるんですよね？」

「行けるときは私が。どうしても迎えに行けないときは、手の空いてる人間に行かせているよ」

そう言いながら花城が席を立った。蓮に声をかけて促すが、あからさまに落ち込んでいる蓮は俯いている。そんな姿を見ているとどうしても言いたくなってしまった。

「あの、送り迎え……僕も一緒に行くのは、変です、よね……？」

「え？」

花城と蓮が振り向く。言ってしまってから「あ……っ」と思う。

「蓮くんの送り迎え、もしかして親子の時間を大事にするための意味があるのでしたら、僕は……」

遠慮します、という言葉を飲み込んだ。目の前で花城がにこにこと笑い、蓮は桜智の右手を両手でしっかりと握ってひまわりの笑顔が上を向いていた。

「一緒に来てくれるなら、蓮も喜ぶ。一緒に行こう」

「は、はいっ」

足元でやったーやったーと飛び跳ねながら喜ぶ蓮に、桜智も頬を緩ませた。傍にいた時雄が蓮の前でしゃがむ。

「よかったすね蓮坊ちゃん。桜智さんのこと大好きっすもんね」

「しゅき！　さっちゃん、しゅき！」

頬をいちご色に染めた蓮が連呼する。その言葉がこそばゆくて桜智も頬を赤くした。そうこうしている間に登園の時間が迫る。

「蓮、もう行かないと遅刻するよ」

「はい！　さっちゃんも！」

蓮に手を引かれ、桜智はつけていたエプロンを外して慌てて椅子にかけた。勢い余ってエプロンがするっと床に落ちるが、時雄が拾い上げて椅子の背にかけ、そして桜智に向かって親指を立ててウィンクを飛ばしてくる。桜智は軽く会釈をし、蓮に引っ張られるようにキッチンを出たのだった。

その一回を皮切りに送り迎えについていくようになった桜智は、花城と蓮の親子関係がとても良好なことを知らされる。かの屋に来ていたときも普通の親子だなとは思っていたが、それほど仲のよさを感じなかった。それは蓮の話し方がそう感じさせていたのだと思う。

（でも、それは関係なかったな）

車の後部座席で花城にあまえる蓮の姿を見ると、彼らの関係に心配はないようである。蓮があまりにもきちんとしすぎているから、家では厳しくされているのかなと思っていた。父親が怖い存在というのは、子供にとって安らげる相手ではないということになるからだ。それに、花城以外にも花城家にいる男衆とも楽しそうにしている。みんな蓮を蓮坊ちゃんと呼んで自分の弟か子供のように接しているのだ。

花城家で新参者である桜智にも、男衆はフレンドリーに接してくれた。家での雑用は若手の仕事なのだが、見ていると手伝いたくなってしまい、つい手を出した。

――あっ、そんなこと俺らがやりますよ！

――でも、今は手が空いてるし、手伝うよ。

――い、いいんっす！　俺らの仕事なんで！　桜智さんは今日の晩飯のメニューでも考えてくださいっす。

その言い方は嫌みっぽくはなく、気遣われているのがよくわかった。今まで一人で生活していたから、急に賑やかになって桜智はうれしかった。例えその相手がヤクザの男衆でも、だ。

日中は家探しと職探しに外に出ているが、なかなか上手くいかない。仕事を見つけるには住所が必要で、この家に間借りさせてもらっているからここの住所を書こうと思ったが、どう考えても不都合な気がして履歴書を書く段階で頭を抱えた。住まいも同様だ。無職の状態で、入居審査をパスするのはまず無理だろう。確実に連帯保証人は必要だろうし、無職だとさらに身元保証人とかも必要と言われるかもしれない。

「あ、事故物件……とか？」

そういうところならありかも、と考えてみたが、怖がりな桜智にはハードルが高そうだった。

頭を悩ませているうちに夕方前になり、慌てて夕食の準備に取りかかる。大きくため息をついてエプロンをつけてキッチンに立った。

「さっちゃん、どうちたですか？」

「え？　ああ、ううん、なんでもないよ」

にっこり微笑んで見せたが、テーブルを挟んだ向こうに座っている蓮が不思議そうな顔をして桜智を見ている。幼稚園から帰ってくるとどこへ行くにも桜智にべったりくっついて『くっつき虫』化している。トイレの前で待たれていたときはさすがに困った。今は夕食の準備をする桜智を、お絵かきをしながら見守っている状態である。

「今日はね、みなちゃんとゆうくんとかくれんぼちて、でも僕はみなちゃんを見つけられなかったです」

「そっか、次の鬼は蓮くんだったの？」

「……はい」

蓮はお絵かきに集中しながら返事をしてくる。落書き帳に書いているのは人の絵だ。一人ではなくたくさん描いているようで、真ん中にはいるのは恐らく花城だろう。

（かわいいな。三歳の子ってこんな絵を描くんだ）

店先で子供と接することはあっても、ここまで長時間一緒にいることはない。だから子供のすることや話すことがとても新鮮だった。花城家で生活を始め、三歳児のいろいろな面を見てますます蓮がかわいくなる。

桜智は就職活動と住まいが見つからない落ち込みを、蓮と過ごすことで発散させていた。

「今日の夕飯はなんっすか」

ダイニングに時雄が入ってきた。自分の仕事を終わらせて、今日の夕食メニューを聞きに来たようだ。一番乗りはいつも時雄である。

「今日はポークカレーです。カツも揚げるのでカツカレーがいい人はそっちを」

「やった！　カツカレー！　めっちゃ好きっす！」

時雄が蓮の隣に座り、まるで子供のような笑顔で桜智を見てくる。そのうちに蓮の描いている絵について二人で話し始めた。桜智は二人に背を向けて冷蔵庫から野菜を取り出しカレーの準備を開始する。

蓮が食べる甘めのものと、大人が食べる辛いものは別に作るので、鍋は二つだ。

(蓮くんの方には蜂蜜(はちみつ)と、リンゴと、パイナップルを入れようかな)

果物が好きな蓮なら大喜びするはずだ。カレーとその他にサラダとスープを作る予定だ。今日は夕食を食べる人数が未確定なので、多めに作っていつでも食べられるようにカレーを選んだ。

具は定番のじゃがいも、にんじん、玉葱(たまねぎ)だが、それ以外にインゲンや蓮根(れんこん)なども入れる。カレー粉は市販のルーの他に香辛料を追加する。蓮のカレー皿にはミートボールをつけてやろうと考えて、思わず桜智の口元に笑みが浮かんだ。

大きめの鍋と小さい鍋に野菜をそれぞれ入れて炒めていく。少し火が通ったところで水を入れ沸騰させて十五分。その間にリンゴの皮をむき、パイナップルを捌(さば)いていった。リンゴやパイナップルは丸々一個は使わないから、切った残りはサラダの方に使う。

リンゴのひと欠けを小さな皿にのせた桜智は、後ろにいる二人にあげようと振り返った。そこには蓮と時雄だけだったはずなのに、いつの間にか義樹と浩一まで座っている。

「あれ、いつの間にか、増えてる」

蓮を挟んで両側に座る男衆に面食らった。仕方なく残ったパイナップルも皿に乗せて出す。すると腹が減っていたのか、蓮が食べた残りにみんなの手が伸びた。

「みなさん、かなりお腹減ってますね。まだ十七時ですけど」

「いや、このカレーの匂いがたまんなくて」

「桜智さんのカレーっすからね」

テーブルの向こうでにこにこする男衆を見て、桜智は気合いを入れて鍋を掻き回す。カレー粉が溶けて鍋の中がぐつぐつと煮立っているので弱火にする。

「桜智さん、アパートの取り壊しって、いつなんすか？」

「え？　あ〜今週の木曜日ですよ」

「そっかぁ、かの屋さんなくなるの、つらいっすね」

時雄が残念そうな顔で言う。それは桜智も同じだ。取り壊しの日は朝から現場に行く予定だ。最後のかの屋を見るのはつらいが、必要な看板はもう手元にある。でも子供の頃から馴染んでいたアパートがなくなるのは、筆舌に尽くしがたい気持ちだ。それはかの屋を愛してくれた常連のみんなも同じ気持ちだろう。

（あんまり考えると、泣きそうになるんだよな）

感傷（かんしょう）に浸る暇なく忙しくしていたいが、料理以外を手伝おうとすると止められる。ここにいる若い衆はみんなフレンドリーでやさしくて、なぜヤクザなんてしてるんだろうと思ってしまうくらいだ。今もフルーツをわけ合って食べる大人の男が三人。カレーの上にのせるのはなにがいいのかという話題に花を咲かせている。

（なんだか本当に学生寮の食堂みたいだな）

もし今一人で部屋にいたら、どれほど落ち込んでいただろうか。それがここにいる蓮やみんなのおかげで、こんなにも心穏やかに話すことができる。ありがたいなと桜智は思っていた。

「夕飯まであと一時間、待てないっすよ」

ダイニングにはカレーのいい香りが立ちこめている。空腹の大人たちの食欲をそそり、蓮までも同じようにお腹が減ったと言い出した。

「食事の時間は決まってますからね。一度冷ましてまた火を入れるので、つまみ食いはしないでくださいよ？」

鍋に蓋をしながら言うが、誰からもいい返事が聞こえない。桜智が振り返るとなぜかみんな真顔である。

「じゃあ、味見はいいっすか？」

時雄が目を輝かせながら聞いてくるので、桜智は思わず吹き出した。

「もう、みんな蓮くんと同じ子供みたいですよ？」

そう言って笑う桜智を、みんながなぜかうれしそうに見ている。

「桜智さん、ここのところ元気なかったから、笑ってくれてよかった」

ホッとしたような義樹の顔に、桜智はどんな顔をしていいのかわからなくなる。いつもと変わらないように振る舞っていたはずなのに、僅かな変化に気づかれていたようだ。

「今まで住んでた家とかの屋がなくなるんすから、そんなの普通でいられるわけがないっすよ。ねえ、靖一さん」

「そりゃそうだ。俺だって古巣がなくなったら普通ではいられねぇよ。で、今日はカレーか」

ダイニングに入ってきた靖一が時雄の問いかけに答える。見た目は怖いし話し方もつっけんどんだ。初めは靖一を怖いと思っていた桜智だったが、今は彼の性格を知り始めたので前ほどではない。

（ぶっきらぼうだけど、やさしいんだよね。この間も重い食材の入った荷物、玄関から運んでくれたし）

たった一言「持つ」と言い、重い荷物を一個ずつ手に取ってさっさとキッチンまで歩いて行ってしまった。桜智が「ありがとうございます」と礼を言っても「美味い飯、待ってる」と言い残してあっという間にダイニングから消えた。言い方は冷たいが心根はやさしいとすぐにわかった。みんな各々のやさしさで桜智を包んでくれている。それは花城も同様だった。

（でも、組長さんと奥さんは……ほとんど顔を合わせないんだよなぁ）

夕食は部屋で摂ることが多いし、他の組員みたいにダイニングに来ることはあまりない。なので桜智はほとんど話したことがないのだ。

（集会のときに声をかけられたっきり、かも？）

奥さんとは全く話していないので、どんな人かは不明である。とはいえ、期間限定のキッチン担当だから、あまり仲良くならない方がいいのかもしれない。それは花城やここにいるみんなとも同じだが、しかしここまで親しくなってしまえば別れるのはつらくなりそうだ。

（でもまだもう少し先かな）

賑やかになったダイニングはまるで大所帯の家族のような感じで、その騒がしさは桜智の心を癒やしてくれる。

そんな日々を過ごし、とうとうアパートの取り壊しの日がやってきた。朝早くから花城家を出て、桜智は生まれ育ったアパートに向かう。蓮は幼稚園に行き、ついてきたのは花城だけだった。時雄と義樹も来たがったのだが、あまり大所帯で行くものじゃないと花城が言ったのである。

「あ、シートがかけられてるんだ」

アパートの前まで来て桜智は呟いた。アパートの周囲は白い防塵シートで囲まれている。周囲に粉塵が飛ばない配慮だ。色あせた青い屋根の一部だけが見えていて、その見慣れた屋根の尖りと見つめる。

「大丈夫か？」

隣に立つ花城が話しかけてくる。だが桜智はすぐに返事はできなかった。下唇をぎゅっと噛み締め、泣くのを懸命に我慢しているからだ。重機が入っていき、低いエンジン音とともに解体が始まった。ビクッと肩が揺れて両手を固く握りしめている。

「かの屋は、ずっとみんなの心の中に残る。大丈夫だ」

花城は桜智の肩を抱き寄せてくる。一人で抱えていた寂しい気持ちが少し軽くなったような気がして、花城の方へほんの少しだけ体重をかけた。

「こんなに、胸が痛くなるなんて……思いませんでした」

涙声で恥ずかしいが、ここで言ってしまわないといけない気がして吐き出すことにする。

「ここで生まれて今まで育って……祖母も両親もここで……。かの屋も子供のときからずっと見ていて、それで……僕が継いで、あの看板もこの店を見守ってくれてたんです」

桜智は頭に浮かぶ懐かしい光景を思い出しながら、言葉にしていく。声は震えていてみっともなかったが、上手い具合に重機の騒音が所々掻き消していく。

「楽しいこともつらいこともいろいろありましたけど、でも、ここは……僕の原点で……」

そう言ったところで、色あせた青い屋根がガガガ……と半分削られた。ぐっと桜智が息を飲むと、花城が桜智を抱きしめてくる。頬が花城の胸に押しつけられた。目の前には崩れゆく生家と店が目に入り、徐々に涙に滲んで景色が揺らいでいく。

「大丈夫だ。かの屋は復活するさ」

花城がそう言ってくれた。きっと今の桜智をかわいそうに思い慰めてくれたのだろう。花城のやさしさが桜智の胸に染みる。

「花城さ……、スーツが、涙で、汚れ……ます」

「そのくらいどうということはない。見ているのがつらいならもう帰ってもいい。どうする？」

「最後まで、見ていたいです……」

大切なかの屋の最後から、目をそらしたくはなかった。景色が涙に滲んでいても、どん

なにつらくても、桜智は見届けると決めていたのだ。とはいえ、アパートをすべて解体するには早くても二週間ほどはかかる。二人は近くのベンチに腰かけ、その日は作業が終了するまでそこにいた。始めこそ感情のコントロールができなかったが、花城に昼食を差し出された頃には落ち着いていた。

——なにも食べないでいるのはよくない。

コンビニで買ってきたであろうおにぎりが入った袋を渡され、桜智は面食らった。花城のような人もコンビニで買い物をするのだと驚いたのだ。

——あ、ありがとうございます。花城さん、時間はいいんですか？　ずっと僕に付き合わなくても、いいので……。

——桜智さんが一人になりたいなら私は帰る。誰かにいてほしいと思うなら、いつまでだって付き合うさ。

花城の言葉が胸に染みる。また泣きそうになって、桜智は慌てて袋の中のおにぎりを開けて口に押し込む。途中から少し塩味が濃くなって、泣き上戸な自分の一面を知られることになった。

その日からおよそ十日ほど、解体されていく生家を毎日見守った。花城が来られないときは他の誰かが桜智の隣にいて、常に一緒に見守ってくれたのである。

桜智は更地になったアパート跡の前に立っていた。建てるのは時間がかかったはずだが、取り壊すのはあっという間だ。更地の周りは細いロープ一本で囲まれているだけで、それを跨げばすぐ中に入れた。立ち入り禁止と書かれてあったが、桜智はそれを無視して足を踏み入れる。

「なにも、なくなったなぁ」

整地された茶色の土は、桜智の足を拒絶することはなかった。更地になったそこは思いのほか広くて、桜智に深い寂寥感を連れてくる。かの屋があったであろう場所に立ってそこにしゃがみ込んだ。土に触れると、その冷たさが指先から伝わってくる。

「寂しいか？」

背後から声をかけられて桜智は顔を上げた。ゆっくりと立ち上がって振り返ると、スーツのパンツポケットに両手を入れた花城が立っている。

「花城さん……」

「こっちにおいで。かの屋は私に任せておけばいい」

花城が桜智に向かって手を伸ばしてくる。彼の言葉がどういう意味なのかはわからないが、桜智は惹かれるようにその手を取った。ぎゅっと掴まれて引き寄せられる。あっというまに花城の腕の中に取り込まれた。

「花城さん、それってどういう、意味ですか？」

かの屋は任せろと言われ、桜智は困惑している。任せろもなにも、今はもう事前に取り外した看板しか残っていない。他に出店する資金もない。住むところも仕事もないのだ。

「そうだな。それはいずれわかる」

花城の答えは曖昧だった。だが抱きしめられてその温もりにホッとしている。心の中にぽっかりと空いた穴をどうやって埋めればいいのかまだわからない。だがこうして花城が抱きしめてくれると、心の穴が僅かに小さくなったような気がする。

桜智は花城と一緒に花城家に戻った。穴の空いた心はずっと沈んでいる。この気持ちはいつか浮上するのだろうか。それはいつなのだろうか。桜智にはわからない。

玄関で時雄や義樹に迎えられたが、桜智は笑顔を作ることができなかった。

「すみません。少し、一人にさせてください」

玄関ホールに上がってすぐ、桜智は誰に言うでもなく呟いた。誰もなにも言葉をかけず、桜智はまるで幽霊のようにふわふわとした足取りで二階へと上がり、静かに自分の部屋に入る。

ひどい徒労感（とろうかん）に襲われていた。頑張ってやってきたのにそれは一瞬にしてゼロになり、自分には一に戻すこともできない。祖母や両親が愛したかの屋を失ったこの気持ちは、言葉できないほど苦しいものだった。

　桜智は押し入れの前に立てかけてある、かの屋の看板の前に座りその名前を指でなぞる。桜智の頭の中に今までのかの屋で過ごした日々の光景が浮かんでは消えた。これから先、なにを生きがいにしていけばいいのか。

　どのくらいかの屋の看板の前で座り込んでいたのか、部屋の扉をノックされてはっとする。窓の外はもう真っ暗で、夕食の準備すらしていないことに気づいた。

（しまった……ここでの仕事も、満足にできていない）

もしかしたら腹が減ったと義樹あたりが催促に来たのかもしれないと思った。桜智は慌てて立ち上がって扉を開ける。しかしそこにいたのは義樹でも時雄でもなかった。

「……花城さん。すみません。僕、夕食の準備もしないで……」

「それはいい。たまには出前を取るのもいいからな。男連中はもう食事は済ませた。私もな」

「あ……すみません」

「謝る必要はない。桜智さんの気持ちは、少しはわかる。私もかの屋を愛していたうちの一人だから」

花城の手にはワインボトルとグラスが握られていた。酒でも飲みたい気持ちなんじゃないかと、花城が誘ってくれているのだ。アルコールは弱い桜智だが、今はそれにすら頼りたい気持ちだった。だから彼の誘いを受けて、花城と一緒に一階の中庭が見える縁側までやってきた。そこには一人用の小さなちゃぶ台と座布団が用意されていて、テーブルの上にはワインに合いそうな燻製（くんせい）チーズの盛り合わせが皿に並んでいる。

「用意してくれたんですか？」

「まあ、チーズを切って並べるくらいはできるさ」

花城が冗談交じりに言ってくるので、桜智は思わず笑ってしまった。準備された座布団にちょこんと座ると、和のインテリアにワインとグラスとチーズがこんなに合うなんてと、桜智は驚いていた。

「蓮くんは、なにか言ってましたか？」

桜智の向かいに花城が腰を下ろしたところでそう質問する。かの屋の取り壊しで桜智はここのところずっと元気がなかった。それを蓮も気づいていて、何度も大丈夫？　と聞かれていたのだ。その返事もちゃんとできていたのか今は記憶も曖昧で、蓮を傷つけてやしないかと心配になっていた。

「ああ、まあ……桜智さんがいつもと違うのを気にしていたが、大丈夫だ。そのうち桜智さんも立ち直れるはずだと思っている。そうしたら蓮だって元気になる」

ワインのコルクにコルクスクリューを突き刺して回しながら、蓮の状況を教えてくれた。

「そうですか。でも、僕は元気になれるかどうか、わからないです。あの場所がなくなるのがこんなにもつらいなんて……。想像以上です。でも、かの屋の歴史を最後まで見届けようと思って……僕は……」

座布団の上に正座している桜智は、下を向いて肩を震わせた。太ももの上で握りしめた手の甲にポタポタと涙の滴を落とす。

「今すぐに元気にはなれないだろう。でもその手伝いはしてやれる。だから私を頼ればいい」

キュポン、とコルクが抜ける音が聞こえた。今からワインをいただこうというのに、こんなジメジメと泣いてしまって申し訳なく思い、桜智は慌てたように手で涙を拭った。

「足を、楽にした方がいい。夜は長い」

赤ワインをグラスに注ぎながら花城が言う。その言葉にあまえて桜智は足を崩して座布団の上にあぐらを掻いた。コトリと自分の前に赤ワインの注がれたグラスが置かれる。アルコールを飲んだのはいつだっただろうかと桜智は考える。そういえばかの屋を経営し始めてから一滴も飲んでいない。

グラスの中の赤ワインがゆらゆらと揺れ、その美しさに目を奪われる。向かいの花城がグラスを手にしたので、桜智もそれに習った。

「これからの桜智さんの未来に」

「これからの……僕の、未来……」

カチンとグラスを合わせる。揺れた赤ワインを見つめながら桜智はグラスに口をつけた。

赤ワインなのに癖のない酸味の効いた味で、口の中で少し遊ばせてから飲み込んだ。温かい熱が喉を降りていくのがわかる。じわっと胃の中でその熱が広がり、体にアルコールが染み渡るのを感じた。

「美味しい……」

「よかった。赤は白よりも癖があるからどうかと思ったけど、これは飲みやすいね」

「そうですね。アルコールは久しぶりだから、この染みる感じ、なんだか懐かしいです」

「それじゃあ、このチーズを食べながらかの屋の思い出話を聞くよ」

グラス越しの花城がとても色っぽく見えた。たったひと口のワインで酔うわけがないのに、どうしてか目の周りがほわほわと温かい感じがしている。

ワインを注ぎ足され、このままではすぐに回ってしまうとチーズに手を伸ばし口に入れる。ザラっとした食感の中にコクと旨(うま)みがあり、しっとりとやさしい風味が口の中に広がった。これはグラナ・パダーノの燻製だ。

「このチーズ美味しい」

「口に合ってよかった。桜智さんの舌は肥えてるだろうと思って、ちょっとドキドキしていたよ」

「そんな……花城さんが思っているほど肥えてないです。まぁ休みのたびに食べ歩きはしてましたが。今はもう……休みじゃなくても、行けますけど」

もう毎日が休みなんだったと現実に引き戻されて、桜智はまた暗い顔で下を向いてしまう。すると向かいに座っていた花城が立ち上がり、桜智の隣に座り直した。横から伸びる手が桜智の顎にかかる。

「そんな顔をするな。きれいな顔が台無しだろう」

顔を上げさせられ、花城の手は桜智の頬に触れて撫でてくる。その手は少し冷たくて、自分の頬の熱さが際立っているように思えた。気づかれているだろうかと思うとドキドキして、余計に体温が上がってしまう。

「き、きれいではないです……。花城さんは、変わってますね」

「そうか？」

「そうです。僕のことを、かわいいとか、きれいとか……変なことを言って……」

花城の目を見ていたらその視線から逃れられなくなる。瞬きを繰り返すと、ゆっくり花城の顔が近づいてくるのがわかった。

やわらかな唇が桜智の唇に触れる。ほんのりと赤ワインの香りがして、自分と同じだ、と桜智は思う。触れただけの唇はすぐに離れていき、目を閉じる余裕もなく花城とのキスが終わった。

「逃げないのか?」

そう問われて、桜智は視線を落とす。花城に好意があるのに、逃げるわけがない。桜智はゲイではないし男性嗜好(しこう)でもないのに、花城に対しては気持ちが抑えられなかった。

(なんで、花城さんに惹かれるんだろう)

見た目は普通以上に格好いいし、その所作もスマートで品がある。ヤクザだと言われなければ気づかないだろう。初めは店主と客の関係だったのに、今は花城の家で生活をして手を伸ばせばすぐに触れる距離にいる。失ったものの代わりに得たものは……。

「逃げない、です」

桜智の答えに、なぜ? と聞いてこない。その代わりに空になったグラスに赤ワインを注がれた。その目はやさしく桜智を見つめていた。ワインを口に運び、ゆっくりと飲み込む。その様を花城が観察するように眺めている。

「なんで、こんなこと……するんですか?」

花城には礼香という婚約者がいるのでは？　と聞こうとしたが、その言葉を飲み込んだ。

「桜智さんがきれいでかわいいから」

そんな理由を聞かされて、桜智はちょっとムッとした。かわいくてきれいな相手なら誰でもいいと言われた気がしたのだ。キスをするのだから特別な感情があるのかと少しは考えていたのに。

「そう、ですか」

あからさまにがっかりした口調で言うと、桜智は自らワインボトルを手に取った。まだグラスには残っているが、それを一気に飲み干して自ら注いでいく。

「これ、ゴーダチーズ。美味しいですね。燻製されてるからミルクの香りと燻製の香りがとても合うし、それにこの塩気がいい塩梅です」

チーズを飲み込みまたワインを流し込んだ。

「待って、桜智さん。そんなに一気に飲んだら酔いが回るから。酒に強い……ようには見えない」

「え？」

ふわふわする頭と、ぼやけたような視界の中で花城を見つめた。完全にアルコールが回っている。こんな状態になるのは数十年ぶりだった。

(頭が回らない……気持ちいいなぁ)

理性がゆっくりと解けていくのを感じる。座布団には背もたれはないので、このまま後ろに転がってしまいたい衝動に駆られた。今ここで横になったら、この縁側は冷たくてきっと気持ちがいいだろう。そう考えるとしたくてたまらなくなった。

「かの屋は僕の命だった……だから、なくなったら僕も、いる意味がない」

「桜智さん……」

「僕はもう、なにも、ない……」

そう言って桜智はゆっくりと後ろに体を倒していく。心地いい冷たい床で眠ってしまいたかった。しかし倒れゆく桜智の体の背後に逞しい腕が回される。

「ここで寝たらだめだ」

桜智の体を支えた腕が、ぐっと元の位置に押し戻す。しかしアルコールの回った桜智の体は、まるで芯がなくなったようにぐにゃぐにゃだ。

「桜智さん」

「花城さんは、ずるい……」

花城に頭を抱きかかえられた桜智は、ふわふわと酔った頭で呟く。顔を上げると、困ったような花城の顔があって、もっと困らせてやろうという気持ちが湧き上がってきた。

「僕にかわいいと言って、きれいだと言って、キスをしたのに……本当は、誰でもいいんでしょう？」

「ん？」

「僕は、花城さんと、一緒にいたくて、ここに、来るのを選んで……でも、あなたは、誰でもいい。婚約者も、いて、僕の気持ちなんて……迷惑なだけで、だから……」

実際は頭の中で考えているつもりだった。呂律の回らない口調で、それはすべて声になって出ているとは思っていなかった。

「迷惑？　私を思う桜智さんの気持ちが、迷惑だと？」

桜智は小さく頷いた。しかし花城は困惑したような顔で桜智を見つめてくるから、言葉より行動で示した方がいいと判断する。まるで水の中を漂っているかのような感じだったが、重い腕を持ち上げて花城の胸元を掴んでそのきれいな顔を引き寄せた。

さっきの触れるだけとは違う、唇に噛みつくようなキスをしてみせる。開いた唇の隙間に舌を滑り込ませて、慰めのようなキスとは違うことを知らせるために。このキスで桜智が花城に向ける気持ちは恋であると知らせるために。

「んっ、んっ……」

突き放されるかと思ったが、花城は桜智の舌を掬い上げるように舐めとり、さらに深くキスをされる。ゆっくりと桜智の体は床に押し倒されていき、攻めていたはずの桜智が花城に覆い被さられてしまった。

これは花城の返事なのか。それともただ遊ばれているだけなのか。それを聞こうにも口を塞がれて舌を絡め取られていて、何度も唇の角度を変えながらキスをされてできなかった。その気持ちよさに酔い始めたとき、不意に花城が離れていく。

「このキスが、桜智さんの本心？」

「僕は、あなたを好きに、なって……しまって、でも、この気持ちは、知られちゃだめで……。それでも、それ、で……も……ぅんっ、んんっ」

最後まで言い終わる前に再びキスをされた。花城のキスは気持ちがいい。腰がぞくぞくして、もっと強い刺激がほしくなる。舌を擦り合わせるとぴちゃぴちゃと唾液の絡む音が聞こえて、それも桜智の欲情を誘った。熱を持った下半身が押さえられなくて、淫らな気持ちと一緒にそれを花城の腰辺りに押しつける。

歯止めが利かず思ったことが口からするする出ていってしまう。止めなければいけない、そう思うのに自制できなくなっていた。

この先に進む意味は酔った頭の桜智でもわかっている。もしも花城にそのつもりがあるなら、酔った勢いでも一度だけでも、情けをかけるつもりだったとしても……いいと思った。

「桜智さんは、酔うといつもこうなのか？」

「な、に……？　あ、もっと、して……花城、さん」

虚ろな目で見上げると、花城の目がスッと細められる。今までに見たことのない興奮をその瞳の中に見つけた。床は冷たいぞ、と言った花城が、力の抜けた桜智の体をいとも簡単に抱え上げた。両腕を花城の首に回し、ふわふわする頭は花城の肩口に預ける。

抱えられた桜智の体は、花城の歩くリズムに揺らされて二階の部屋に入っていった。そしてやわらかなスプリングベッドの上へそっと下ろされる。

「私と関係を持ったら、もう後戻りはできないぞ。懐に入れた者はそう簡単に手放さない。いいのか？」

花城がベッドに寝かせた桜智の顔を、上から覗き込んでくる。その目は真剣で、花城の瞳の中には欲情の火が見えた。その熱情に焼かれたいと思う。

桜智は花城を見つめて小さく頷いた。切れ長の魅力的な瞳が細められると、桜智は唇を塞がれる。口腔に差し込まれた舌がやさしく粘膜を舐め回す。舌同士を擦り合わせ、顔の角度を変えながら存分に桜智を味わっているようだった。あまりに気持ちのいいキスは、桜智の理性を根こそぎ奪う。うっとりと目を閉じてされるがままに身を任せ、キスひとつで全身が蕩けていった。

「キスが好きなようだな」

囁くような花城の声に、桜智はゆっくりと目を開く。そして小さく頷き微笑する。花城のきれいな指先が自身のネクタイのノット部分を掴んで引き下げた。色っぽいその仕草に胸がぎゅうっとなり目が離せない。あっという間に引き抜かれたネクタイ。そしてシャツのボタンが三つほど外された。そこから覗くのは、今まで洋服で隠れていた花城の逞しい胸板である。

「すごい……筋肉」

桜智はシャツの中に手を差し込んでその肌に触れる。酔っていなければこんなことはできなかっただろう。花城の肌は思った以上になめらかで、触れた指先から温もりを感じて桜智の胸が熱くなる。

「酔っていると積極的だな。そういう桜智さんも悪くない」

花城の手が桜智の脇腹に触れた。その指は少し湿っていて、しかし冷たくはない。あまりにそっと、壊れ物に触れるようにするものだから、くすぐったくて身を捩った。

シャツの前ボタンをゆっくりと外された。左右に開かれると、胸が空気に触れる。それを真上から花城に見つめられ、湧き上がる羞恥に目を伏せた。

「期待している？　ここは触っていないのに……つんとしてる」

花城の指が桜智の胸の先を弾いた。

「ひゃんっ」

変な声が出て桜智は反射的に自分の口を両手で押さえた。こんな声はきっと聞きたくないだろう。

「感じたのか？　かわいいね」

両目を細めて妖艶に微笑んだ花城が、桜智の胸に顔を寄せてくる。だめ、と言おうとしたが、その前に胸の先をぱくっと口に入れてしまう。

「ふ、あっ……うぐ……っ」

声が漏れ、それを必死に手の中で殺す。もう片方は花城が指先で弄くり回すので、生まれて初めての刺激に体がピクピク反応する。花城の舌が桜智の乳首をねっとりと舐め回し、ときどき強く吸われた。痛気持ちいい刺激がさらに桜智の体を弾ませる。

「気持ちいい？　悦さそうだね。体が敏感に反応しているよ。素質は十分ありそうだ。声は……殺さないでいい」

口を押さえていた手をやんわりと外された。それでも胸を刺激されるとどうしても声が出る。桜智はまた口を塞ごうとしたが、両手を頭の上で花城に押さえられた。万歳をするような格好でますます両胸は無防備になる。

「でも、あっ！　そこ、そんなに……吸わないで……あぁっん」

「いい声だ。もっと聞きたい」

やさしく耳障りのいい花城のやわらかな声が桜智の耳をくすぐる。全身で花城を感じてしまい、桜智の体の中心が熱を帯びて硬くなった。気づかれまいと足の間に挟むが、花城がそうはさせてくれなかった。

「なんだかもじもじしてるな。どうした？　ここが、どうかなってる？」

桜智の両手を押さえていた手を放し、尖った左右の胸を啄んでいた花城が上半身を起こした。ホッとしたのもつかの間、桜智のパンツのベルトをするっと抜いて、ウエストのボタンを外された。

「あっ！」

そこは見ないで、と言おうとしたが遅かった。手慣れた動きで桜智のパンツを足から抜き去り、その中心部がしっかりと下着の中で強ばっているのを見られてしまった。布越しにもわかるほど元気に勃ちあがっている。

「キスと胸の愛撫でこうなってくれてうれしいな」

花城の視線が桜智の股間に注がれている。凝視され、いつもクールなその顔が淫靡な笑みを浮かべていた。見られていると意識するだけでビクビクと桜智の陰茎が布の下で息づく。

「み、見ないでください。恥ずかし……」

「桜智さんから誘ったくせに」

ふふっと笑いを含んだ花城の言葉で、顔が一気に熱くなる。アルコールのせいだと思いたいが違う。

見られているのがいたたまれなくなった桜智は、両手で自分の中心を隠そうとする。しかしそれも花城の手によって阻まれた。

「キスも愛撫も許してくれた。私を挑発するようなキスをしたり、今みたいにそうやって恥ずかしがってみせる。君はどれほど私を煽るかわかっているのか？　この先に進んでいいんだな？」

「煽ってなんか、ない、です……。花城さんは、僕が男なのに……平気……なん、ですか？」

「今さら、ここまできてそれを聞くのか？　私はどちらかというと女性より男性の方が恋愛対象なんだ」

「そ、なん、です、か……」

酔いの中で驚き、もしかしたらの可能性が頭の端っこに広がった。酔った勢いでもいいから花城と繋がりたいと、そんな風に思っていたことは口が裂けても言えない。

桜智の言葉を了承と受け取った花城が、最後の一枚である下着をするりと足から抜き去ってしまった。生まれたままの姿になった桜智は、どうしていいかわからず両足を抱えるような格好で逃げを打つ。

「隠さないで、見せて」

桜智の両膝を捕まえた花城が、抵抗する力を無視して左右に開いてくる。そこは無防備な状態で花城の視線に晒された。隠そうとして手を伸ばしたが、それよりも速く桜智の腹の上でヒクついている屹立(きつりつ)を口に含んだのである。

「ひぅっ……！　あ、あぅっ……んんっ」

大きな声が出そうになって、桜智は反射的に口を塞いだ。熱くねっとりとしたものに包まれた若茎は、花城の口の中でさらに硬さを増す。

(こんなの、知らない……っ、花城さん、なんでこんな……っ)

初めての快感に腰がうねる。花城の頭を押し返したいのに、口から手を放せばあられもない声が出るのは間違いない。それを花城に聞かれ、もしかしたら隣の部屋や向かいの部屋の男衆にも聞かれる可能性がある。だから絶対に口から手は放せない。

花城の口淫（こういん）から逃れる術がなく、桜智は体を捩るしかできなかった。強烈な快楽に気が変になりそうで、さらにはその快楽に流されて腰がリズムを刻み始める。

「んっ、んっ、や、ぁ……んんっ」

腰の奥から熱が膨れ上がり、それは桜智の中心に集まってさらに大きくなった。我慢などできるはずもない。剛直に纏（まと）わりつく花城の舌が鈴口をチロチロと刺激し、片手で幹を扱（しご）き上げる。じゅぶじゅぶと聞いたこともないようないやらしい音が、桜智を快楽の頂へと押し上げてきた。

「や、もう、でるっ……花城、さ……あぁっ、で、でるか、ら……っ！」

桜智の言葉をまるっと無視した花城は、剛直から口を放してはくれなかった。どうすることもできなくて、花城の口内に熱い白濁（はくだく）を迸（ほとばし）らせる。

「は……っ、あっ……、は、ぁ……っ」

桜智の体は硬直し、花城の口に腰を押しつけるようにベッドから浮き上がっていた。気が遠くなる快楽の中で、桜智はうっとりとした顔で薄暗い部屋の天井を見つめる。硬直した体が徐々に弛緩していき、一気に現実が押し寄せた。

「は、花城……さん。口……放して、くださ、い」

肩で息をしながら掠れた声で言うと、花城がようやく桜智の陰茎を解放してくれた。魅力的な花城の薄い唇は濡れている。そして口内にまだ桜智の放った白濁が含まれている様子に気がついた。

「花城さんっ！　だ、出してください！　それ、出し……て……」

目の前で花城の喉仏が上下するのが見えて、口が開いたそこから舌が出て色っぽく唇を舐めた。飲み干したのだ。

「は、は……な、なんで、そん、え……や、だめ、だめですっ！」

動揺した桜智はベッドの上で跳ねるように起き上がった。泣きそうな顔で花城の顔を見つめ、言葉にならない言葉で訴える。

「なにがだめなんだ？　私がこうしたかったんだ。桜智さんの味を知りたかった」

「な！　なに言ってるんですか……っ」

信じられない、という顔で頭を小刻みに振り、桜智の目にはものすごい勢いで涙が溜まっていく。

「なにをそんなに焦っている？　味わいたかったと言ってるじゃないか。そんな、今にも泣きそうな顔をして……かわいいね」

桜智の目からぽろっと涙の粒が落ちると、花城がそれを指先で拭ってくれた。かわいいなんて言葉で絆(ほだ)されて、おいで、と言われて花城の腕の中へ素直に体を預ける。抱きしめられて背中をとんとん叩いて落ち着かせてくれた。

「はあ、本当にかわいいな。こんなことをしたいと思ったのは、桜智さんだからだよ」

「僕、だから……？」

「好きだよ、桜智さん」

桜智を胸に抱いた花城に告白された。キスをされて驚いたし、こんなことをしているのも信じられないが、なによりも花城の告白が桜智を驚かせる。

（今、好きって……言われた？）

花城の腕の中で呆気に取られている。ゆっくりと体を放し、顎に指をかけて上を向かされた。濡れたような黒い瞳がやさしく桜智を見つめている。口元には薄らと笑みまで浮かべて。

「ヤクザなんかに惚れられて、桜智さんはきっといつか後悔する。でも……放してやれない」

「花城、さ……んんっ、んっ」

僕も好きですと言おうとしたのに、それはキスで遮られた。ゆっくりとベッドに押し倒されて、花城が覆い被さってきた。腕や胸、腹や腰が触れあって擦れる。桜智の太ももに花城の熱く固いものが押しつけられ、興奮しているのを知ってたまらなくなった。

花城の手が桜智の脇腹から下へと移動し、腰から内腿へと滑り込んできた。左足を開かされると、花城の指が桜智の奥まった場所に触れた。

「あっ！」

「大丈夫。違和感はあるかもしれないが、私にすべてまかせてほしい」

目の前には花城の真剣な顔があった。その目を見て不安だった気持ちが消えていくような気がする。桜智は小さく頷いた。安堵したような顔の花城も頷いて体を起こした。ベッドの下に手を入れた花城が、赤いキャップのボトルを取り出す。トロッとした液体が花城の手に溜まるのを桜智は見つめていた。

徐々に自分の心拍数が上がっていくのがわかる。緊張なのか期待なのかはわからない。花城がローションを手の中で伸ばして広げている。そして濡れた手で桜智の後ろへと伸ばし、まだ誰も触れたことのない蕾(つぼみ)に指を這わせてきた。

「は、ぁっ！　はぅ……っ、そこ、あ、……っ」

指が桜智の蕾を何度か撫で、その指が蕾の真ん中を押してきた。ぐっと力がかかり、花城の指が中へ入ってくる。違和感は半端なく、桜智の体に力が入った。

「そんなに固くならないで、力を抜いて」

「で、でも……っ、そんなとこ、あっ、む、無理……っ」

　しかしもう片方の手で肉茎を握られ扱かれると、腰が砕けたように力が抜けた。その隙を狙って桜智の中へ指を入れてくる。違和感は拭えなかったが、桜智の中で指がなにかを探り始めた。

「あっ、あっ、や、中が……あっ」

「ああ、もう少し待って。初めは少しきついから……この辺かな」

花城の指が桜智の肉壁をくいっと押し上げた。そこから広がる深い快感に息を飲んで反応する。さらにその部分をぐりぐりと撫で回すので、これまでに感じたことのない快楽に身悶えた。

「そこ、や、いや……っ、あ、あぁっ、や、やっ……だ、あっ、あぁあっ！」

　身を捩って逃れようとするが、花城がそうさせてくれない。強く押し込んだりやさしく撫でたりと、桜智を翻弄する。

「大丈夫。感度はいい。ほら、もう二本も指を咥えてる」

「嘘、嘘……っ、や、ああっ、そんな、そこ、や……だ、やぁあん」

　ぐちゅぐちゅと淫靡な音が桜智の耳を犯し、羞恥と快楽で体を満たしていく。

（こんなの知らない……恥ずかしいのに、やめてほしくない、気持ちい……ああ、すごい、すごい……っ）

どのくらい花城に後孔を弄られていたのか。初めこそ恥ずかしさに顔を赤らめ、違和感に体を震わせていたが、今や背中から這い上がってくるような気持ちよさに夢中だった。しかしその快楽は唐突になくなってしまう。花城が指を急に抜いてしまったのだ。腰の奥に熱が溜まり始めていたのに、これでは不完全燃焼である。強請るなんてしたくないが、頭を上げて抗議じみた視線で花城を見た。

「今度はこれで、悦くしてやる」

花城が自身の剛直にコンドームを装着していた。彼の手の中にあるそれは、桜智のそれとは大きさが格段に違っている。

「お、おきい……」

それまで快楽に酔っていた桜智の体に戦慄が走った。あんな大きいのが入るわけがないと桜智の意識が現実へと引き戻される。しかし花城に無理だと言ってもきっともう止められないだろう。

「慣らしたから平気だ」

花城がにじり寄ってきて桜智の足の間に腰を進める。ちらりと桜智の顔を見て、自身の切っ先を後孔に押し当ててきた。

「それ、無理……あ、だめ、や、や……」

「力を抜いてて。ここが入れば、大丈夫」

肉環がいっぱいに拡がっているのがわかった。壊れる、と感じて、反射的に力が入った。しかしさっきと同じように、花城に剛直を掴まれいじり回される。怖くて力が入りそうなのに、若茎を扱かれて腰砕けになった。

「ひぅ……っ、あ、あぁぁあっ！」

力が抜けた瞬間に花城が中へ這い入ってくる。腹の中を熱く固いものがまるでなにかを探すように、ゆっくりゆっくり奥へ進む。

「狭いな……桜智さん、私を見て、桜智さん。こっちだ」

ぎゅっと目を閉じていた桜智は、頬を撫でる感触に気づいて目を開く。額に薄らと汗を浮かせ、微笑んだ花城が見下ろしている。

「半分まで挿ってる。怖くない、大丈夫」

「花城、さん……」

キスしよう、と静かに花城の声が部屋に染み、やんわりとやさしいキスが始まった。舌を絡ませ擦り合って夢中になる。その間に桜智の奥を目指して花城が這い入ってきた。

「全部、挿った……桜智さんの中、最高だ……今にも爆発しそうだ。痛くない？」

「大丈夫……平気。ここ、すごい、中に、本当に、花城さんが、いる？」

　両手で自分の下腹部を撫でながら言うと、参ったな……と花城が色っぽい笑みを浮かべた。しばらく桜智の中で動かずキスや愛撫を楽しむ。きっと馴染むのを待ってくれているのだろう。

「そろそろいいかな？　これ以上は我慢できない」

「……はい」

　怖々ながら返事をすると、任せて、と桜智の唇をペロッと舐めて花城が体を起こした。両手が桜智の膝頭を掴む。大きく左右に開き、さらに深く腰を進められる。花城の下生え（したば）が肌に触れ、しかしそれはすぐに離れていった。

「あぁあっ……、なに、あっ！　すご……っ、あぁぁっ、気持ちいい……なに、これ……っ」

　花城がゆっくりと抽挿を始め、桜智の肉壁を擦り始める。痛いかもと思っていたが、それは裏切られた。花城が動くたびに、さっきまで桜智が知っていた快楽と違うものが押し寄せる。

「気持ちいいか？」

「いいっ、すご……い、ああ、あ、あぁぁっ、こんなの、知らな、い」

「そうか、よかった」

桜智を見下ろす花城の顔はどこかつらそうで、汗が滲んだ額に髪が束になって張り付いていた。その熱さは桜智にもわかる。シーツに触れている背中も、花城と接触している肌も汗で滑るからだ。

体を揺すられながら花城に満たされる自分を感じていた。穴の空いた心に花城がそっと温かいなにかで埋めてくれる。それは心地よく気持ちよく、桜智の胸に染みてきた。

「花城さんが、好き……」

あふれ出た気持ちが言葉になった。その瞬間、桜智の中で花城の熱がブワッと膨らんだ気がする。うれしそうに微笑む花城を見て桜智も微笑んだ。ゆるゆると動いていた花城の動きが速くなっていく。

「はっ、あ、あ、あっ……や、だめ……で、そう……で、る……」

燻(くすぶ)っていた熱が腰の奥で膨らんでいく。絶頂が近くなって桜智はシーツを握りしめる。しかし花城は抽挿(ちゅうそう)する早さを緩めてはくれなかった。

「いいよ、出して。私も、限界だ」

「あ、や……ゃぁっ、あ、あんっ、も、もう、で……――る」

頭の芯が痺れるような感覚に陶酔(とうすい)し、桜智は体を硬直させる。花城を後孔で締めつけて追い詰め、果てたのはどちらが早かっただろうか。

「……くっ」

声を殺すような息づかいが聞こえて花城の動きが止まった。お互いに呼吸を乱しながら、体中に広がる麻薬のような快楽に身を委ねる。桜智の体の上に花城が倒れ込んできた。その重みを心地よく感じながら桜智は目を閉じる。

「明日になって、このことを忘れたなんて言わないよな？　桜智さん」

まだ熱の冷めない色っぽい声でそう言われた。これで酒のせいにはできない。

「こんな、衝撃的な体験……忘れられないです。……んっ、ぁ」

花城が桜智の中から出ていくと、二人は横並びで仰向けになり天井を見つめる。互いの呼吸はまだ荒く、その肌はしっとりと汗に濡れていた。

「桜智さんを好きな気持ちは本当だから。ずっと、側にいてほしいと思ってる。きっと蓮も同じ意見だよ」

花城は蓮を引き合いにそんなことを言ってくる。ずっとは一緒にいられないですよ、とその言葉を言わせないつもりのようだ。

「蓮くんのこと、大好きです。僕に懐いてくれててかわいくて、離れがたいです」

蓮のことを話す桜智の表情がやんわりと緩む。隣で同じように寝ていたはずの花城が、いつの間にか肘枕の姿勢でこちらを見ていた。

「蓮を好きになってくれてありがとう。幼稚園では他の子たちはみんな母親が迎えに来るのに、蓮には私だけだ。あの子は自分が片親だというのをあの歳でわかっている」

花城の言葉を聞いて、蓮にはいつか母親の存在が必要になるのだと思うと、胸がぎゅっとなる。蓮の母親になるのは桜智ではなく、他の誰かだからだ。

（それも、近いうちにそうなるのかな）

先ほどまでなにも考えられないくらいの気持ちよさに浸っていたのに、一気に現実に引き戻された気分だった。

「蓮の母親に、なってくれないかな？」

まだ淫靡な熱が冷めない空気の中、掠れた声で静かに告げられドキッとした。一瞬、なにを言われたのか飲み込めなくて、桜智はゆっくりと隣の花城の方を見た。

そんなことを言われると思っていなくて、桜智はどう返事をしていいのかわからない。

驚いた顔のままで花城を見つめるばかりだ。

「……やっぱり、迷惑かな？」

「あの、違うんです！　驚いて……。でもあの、僕なんかに、蓮くんの母親が務まるでしょうか？　確かに蓮くんには好かれていますが、でも……男性ですし、やっぱり母親は女性の方が……」

「大丈夫。合格だ。それに男か女かなんて関係ないんだ。他の子には親が二人いるのに、自分には一人だけ……そういうのがわかる歳になってきているから」

　花城の手が桜智のしっとりと汗に濡れた髪に触れ、やさしく撫でられる。桜智の返事を待っているようだ。花城の瞳には少し悲しそうで、それでいて不安の色が広がっていた。

「それで、返事は……？　すぐにはできない、か」

「いえ、……はい。頑張ってみます」

　桜智の言葉に花城が反応して上半身を起こす。頑張ってみるとは言ったが、本当に母親になれるか自信はない。でも蓮の母親になるということは、花城とも一緒にいられるという意味でもある。それは桜智の家族になるのだ。今はもう一人きりの桜智に、家族ができるかもしれない。

　そんなことを考えていると、起き上がった花城がなにやら準備を始めている。どうしたのかと、桜智も起き上がろうとすると、花城がその気配に気づいて振り返った。

「もう一回できるが、どうする？」

　冗談交じりで花城に聞かれ、桜智は目を見開いた。二度目を続けてなんてさすがに無理だ。すると花城が肩を揺らして笑い、冗談でからかわれたのだと気づいた。

「……っ。意地悪です」

そう言って拗ねてみせると、花城に額にそっとキスをされる。

蓮の母親になることの意味を考えながら、桜智はやってきた睡魔に抗（あらが）えなくなった。体を起こした花城がなにか話しかけてきたが、我慢できずにゆっくりと目を閉じたのだった。


翌朝、ベッドの上で目が覚めた桜智は、天井を見つめたまま固まっていた。昨夜、花城となにをしたかなにを言われたか、すべてを隅から隅まで覚えていて青くなっている。

花城はすでに起きて出かけたのか、幸い部屋には桜智一人だ。それだけが救いだった。

（もし隣に花城さんがいたら、どんな顔をしていいかわからなかった）

ゆっくり起き上がると、腰に走った痛みに顔を歪めた。右手を腰に当てて痛んだ部分を撫でる。昨夜あれほど汗をかいてローションまみれになったのに、体はどこもベタついていなかった。真新しいパジャマに身を包んでいる。ウエストのゴムを引っ張り下半身を覗き込むと、なんと下着まで新しい。もちろん桜智を世話したのは花城だろう。

（全部、してくれたんだ。どうしよう、どんな顔で会えばいいの）

ベッドの上で赤くなったり青くなったりしながら、ようやく部屋の時計に目をやった。

「えっ！」

時間はもうすぐ昼である。花城が起きたタイミングで起こしてくれればよかったのに、と思いつつベッドから降りた。

（食事を作るのは僕の仕事なのに！）

大慌てで花城の部屋から出ようとした。しかし扉を開けようとして手を止める。そっと耳を近づけて、廊下に人の気配がないかを探った。静かに扉を開けてひょこっと頭を出し、人がいないのを確認して外に出る。そのまま廊下を進み、自分の部屋まで忍び足で歩いてたどり着いた。部屋に入ってようやっと息をつく。

（早く着替えなくちゃ）

パジャマを脱いで大急ぎで着替えた。その途中、何度も腰の痛みに顔を歪め、昨夜のことを嫌でも思い出す。花城と顔を合わせて普通に話せるか不安だったが、今はとにかく寝坊したことを謝らなくてはと思い一階へ降りた。

ダイニングは静まり返っていて誰の姿もなかった。肩透かしを食らって呆然と立っていると、背後に気配を感じて振り返った。

「よく休めましたか？」

そこに立っていたのは花城ではなく、一度だけ顔を合わせた緒方という男性だった。フレームレスの眼鏡にピシッとしたスーツ姿。真面目で神経質そうな印象は以前と変わらない。

（緒方さん、だっけ。自宅で食事は採らない人だからほとんど会わないんだよな）

キッチンに入って冷蔵庫を開け、飲み物を取り出して喉を潤している。桜智が寝坊をしたことを遠回しに当てこすっているのかと思った。

「あ、すみません……寝坊をしてしまいました」

素直に謝ると、緒方がグラスを手に持ったまま振り返る。口元に僅かな笑みを浮かべた。

「そりゃ、相手が章介なんですから、起き上がれないでしょうね」

真面目な口調で言われ、桜智は驚いた顔のままで固まった。どう考えても昨夜のことを知っている口ぶりである。なにも言えずにいると、自分で使ったグラスをさっと洗って水切りラックに伏せた。

「あ、あ、あのっ……それって……」

「私は章介の秘書みたいなものですから、すべて把握しています。それに、この家はそう壁が厚くないので、私以外にも勘づいてる者はいると思います」

まるでビジネスの話をするような口調で言われ、桜智は自分の顔がみるみる赤く熱くなっていくのを自覚した。

（壁越しに……みんなに、聞こえてた……？　僕の声とか、声とか……声が！）

天を仰いで叫びたい気持ちになった。もしかして蓮にも聞かれたのかと考え、口を押さえて青くなる。あんなだらしなく淫靡であられもない声を蓮に聞かれたなら、もう絶対にここにはいられない。

「あ、蓮坊ちゃんには聞かれてませんよ。さすがに部屋が遠いですから。浩一と時雄は聞こえてたと思います」

桜智の考えを察知した緒方が先回りをして答えてくる。蓮に聞かれていないのはよかったが、さらに二人もあの声を聞いたというのか。穴があれば入りたい気持ちだ。

「そう心配することはないですよ。そのうち章介の熱も冷めると思いますから。それまでよければ付き合ってやってください。では、失礼」

爽やかな笑顔を見せた緒方が、颯爽とダイニングを出て行った。残された桜智は、ダイニングの椅子を引いてそこに腰を落ち着ける。座らなければ目眩で倒れてしまうと思った。

「花城さんの熱も冷める……か。そうだよね、婚約者さんがいるんだし。はぁ……でもどうしよう。まさか他の人に聞かれるなんて」

テーブルに肘をついて頭を抱えた。花城とどんな顔で話せばいいのかと悩んでいたが、それどころか他の人になんと説明すれば……と、悩みは雪だるま式に増えた。それでも蓮に気づかれていないだけよかったというところだろうか。

　これは酒を飲んだ上での大人の関係だ。きっと花城も酔っていたのだ。だから蓮の母親になってだの、桜智を好きだと言ったに違いない。そうでなければ説明がつかないと思った。緒方のおかげで茹だっていた頭が冷めた気がする。

　桜智としては花城と一度だけでも……と考えて、それが叶ったのだからそれでいいはずだった。それなのに胸にあるのは切なさや虚しさで、こんな気持ちになるとは想像もしていなかった。

　そもそも、桜智自身が男性を好きになることにも驚きだったが、そういう気持ちになって間もなくベッドインするとも思わなかった。抱かれることに抵抗を感じなかったのは、きっと相手が花城だったからかもしれない。

（いい思い出ができたって、そう思えばいいのかな）

　ズキンと胸が痛くなった。鳩尾(みぞおち)辺りを押さえたまま立ち上がり、冷蔵庫の中から麦茶の入っているボトルを取りだした。グラスに注いで一気に飲み干す。そこで初めて喉がカラカラに渇いていることに気づいた。もう一杯注いでそれも一気飲みをして息をつく。

「出ていくといっても、行く当てなんかないし……」

　花城になんの説明もなく出て行くのは不義理をすることになりそうだ。どうしようどうしよう、と考えているうちに、桜智はまるでクマのように行ったり来たりと同じ場所をウロウロ歩いた。

しかしこのままクマでいるわけにはいかず、桜智は気分転換も兼ねて夕食の準備に取りかかった。料理をしながらだと答えが出る気がしたのだ。

ボードを確認すると、夕食が必要なのは四人らしい。冷蔵庫の中を覗き込み、四人プラス蓮と自分のぶんくらいなら買い物に行かなくてもよさそうだと判断した。

準備をしている間に組の人間がバラバラと帰ってくる。夕方すぎには蓮と一緒に花城も帰ってきた。

「ただいま、桜智さん」

「さっちゃーん。ただいまです。もう痛いのへいちですか?」

蓮が足に飛びつきながら聞いてくる。ドキッとして思わず自分の腰に手を当ててしまった。

(あ、蓮くんが知ってるはずは、ないか。それに花城さんだって言うはずがないのに)

条件反射的に取った自分の行動で顔を赤くする。桜智はシンクの前でしゃがんだ。

「大丈夫、痛くないよ。蓮くんは幼稚園どうだった?」

「あのねえ、みちセンセとね、おい紙してました」

話しながら斜めにかけている通園バッグからなにかを取り出す。黄緑色の紙が複雑に折りたたまれたものだが、桜智にはそれがなんの形かわからなかった。

「これは……なにを折ったのかな？」

「こえはねーきょうゆーです。がおー！」

桜智に向かって怪獣のような声を上げて折り紙を近づけてくる。どうやら恐竜を折ったようだ。しかしそう見えているのは蓮だけで、どこが頭でどこがしっぽかは不明である。

「そっか！　恐竜！　すっごいね！　わ～！　食べられる～！」

桜智が大げさに怖がってみせると、蓮はますます調子づいてくる。

「蓮、まずはお着替えしないとだめだろう？」

そんな言葉で蓮を止めたのは花城だった。

「あ、はーい」

あっという間に蓮が折り紙の恐竜を鞄にしまう。そして桜智の耳元に顔を近づけて、内緒話をするように口元を両手で囲った。

「あとで、さっちゃんにも、おちえたげます」

そう言い残して花城と一緒にダイニングを出ていった。あまりのかわいさにぽーっとしていた桜智は、蓮の手を引く花城と目が合い現実に舞い戻り、さらに不自然に視線をそらしてしまうのだった。

　それからバタバタと夕食の準備を終えて配膳し、ダイニングが賑やかになってくる。その間に何度か花城と距離が近くなることはあったが、桜智はその都度わかりやすく避けてしまった。そんな露骨な態度に花城がどんな顔をしてこちらを見ているかも知らずに――。

　桜智の向かいに座る蓮がフォークにミートボールを刺したまま、食べずにこちらを見つめているのに気づいた。

「蓮くん？　どうしたの？　それ、食べないの？」

　首を傾げて聞いても、蓮は大好きなミートボールを見もしない。

「さっちゃんは、パパと、ケンカちてますか？」

「え？　ケンカ？」

　まさかの質問に驚いて花城を見てしまった。今日はやたらと花城を避けていたからだ。

　二人が帰ってきてからたった数時間だが、その短い時間で蓮はなにかを察したようである。

「ケンカなんて、し、してないよ？」

　ぎこちない笑みを浮かべて答えるも、蓮の真っ直ぐで純粋な眼差しに思わず目をそらしてしまう。蓮の疑問に満ちた視線は尚も桜智に向けられている。

「パパのこと嫌いですか？」

「あ、いや、嫌いじゃないよ？」

「じゃあ、しゅきですか？」

いたって邪気のない純粋な気持ちからの質問なのだろう。しかし桜智にとっては一番聞かれたくない質問だった。普通に好きといえばいいだけなのに、それを口にすれば他にいる大人たちには全く違う意味で伝わりそうな気がしてならなかったのだ。

（どうしよう。好きと嫌いの二択しかない質問を蓮くんからされると思ってなかった）

ゴクリと唾を飲み込んで、夕食を摂る四人の音だけが聞こえ、シンと静まり返った空気の中で困っていた。

「嫌いなわけがないだろう」

助け舟を出してくれたのは花城だった。一斉にみんなの視線がそちらへ集中する。なにを言い出すのかと戦々恐々としながら花城を見つめていると、桜智に視線にだけ答えるようにウィンクしてくる。

「俺たちのことが嫌いなら、こんなに美味しい食事を作ってくれないだろう？　それに蓮が手に持っているのはなんだ？　大好きなミートボールだろう？　桜智さんはみんなのことが好きなんだよ。だからそうやって美味しいものを作ってくれる。わかったか？」

桜智が花城とケンカをしているのか、という質問から好き嫌いになり、最後はみんなのことが好きだから美味しいご飯を作ってくれるという、実に見事に本題を逸していった。

（上手すぎるというか、ウィンクは逆にわかりやすすぎるというか……）

微妙な表情の桜智に、大人たちの視線が釘付けになっている。一番驚いているのは、片腕にギプスをつけたままの義樹だろうか。目を大きく見開いたまま桜智を凝視している。隣に座る時雄はまだ状況が飲み込めていないようだったが、桜智と花城、そして義樹の顔を交互に見ていて、最後にはすべてを察したような顔になっていった。

「姐さんになるんすね！」

誰もが口にしないでいようと考えていた言葉を、いの一番で言語化したのは時雄だった。

「そうですよね⁉　だって、若と桜智さんがその……」

具体的に言おうとして口ごもり、えへへ、と照れたような笑みを浮かべている。

「お前は……無神経だな！　蓮坊ちゃんがいるってのに！」

義樹のゲンコツが時雄の頭に落ちる。その横で浩一が笑いを必死に我慢していた。

「いってぇ！　え、でも、桜智さんが姐さんなら、でも礼香さんはどうなるんだ？　もしかして若、礼香さんを愛人にする気っすか⁉」

時雄は花城に答えを求めるように視線を向けている。どう返事をするのだろう、と桜智が全身神経を花城に向けた。

「私に二刀流になれと？」

意味深な視線と脂下(やに)がった笑みを浮かべた花城が桜智を見る。それだけで昨夜の淫靡な時間を思い出させ、頭の中は淫事一色に染まってしまった。

「しかし昨夜のあの声は、やっぱり幻聴じゃなかっ……いってぇ！」

時雄が最後まで言い終わる前に、再び義樹のゲンコツが時雄の頭の上へ落ちた。蓮坊ちゃんがいるのに、とさっきと役回りが逆になった。

「あねさ……？　あいじ？　そえ、なんですか？　ねえ、なんですか？」

蓮が不思議そうにみんなの顔を見ていて、自分だけ仲間はずれにしないでとそんな雰囲気だ。義樹と時雄は、姉さん誕生だ！　と騒ぎ、花城は特に否定もせず騒いでいるみんなを機嫌よく眺めるだけだ。

礼香さんを愛人にすることも、桜智と一緒になって姐さんとみんなから呼ばれることもないのだけはわかっている。

ただ、今は昨夜の情事を知られているという羞恥(しゅうち)に耐えがたかった。桜智は両手で顔を覆って、しばらく椅子から立ち上がれなかったのである。

第四章

ヤクザの本宅に仮住まいを始めて五ヶ月がすぎた。これまでさんざん新居を探していたが、なかなか見つからず困っていた。しかしここに来て何度か問い合わせしていた不動産仲介会社から連絡があった。

——以前お問い合わせくださった物件と似たようなお部屋が見つかったんですが、どうされますか？

その一報を受けて、桜智はすぐに内見させてほしいと連絡した。かの屋を知っている不動産屋の営業の人で、かなり好条件で貸してくれるようなのだ。保証人がいない桜智には、家賃保証会社に加入すれば大丈夫だと勧めてくれた。多少の出費は仕方がない。店を新たに出す資金としては少ないが、住まいを借りるには十分な資金である。

腕を使えなかった義樹のギプスが取れて食事係として復帰した。今は義樹と夕食の準備をしていて、ダイニングテーブルには蓮がご機嫌でお絵かきをしている。下拵えはほとんど終わっているのであとは義樹に任せても大丈夫かなと考えていた。桜智のここでの仕事もあと少しで終わりである。

「桜智さん、さっきの連絡……もしかして不動産屋っすか?」

「うん、よくわかったね」

シンクで洗い物をしている義樹が聞いてきた。電話口から元気のいい不動産屋の声が聞こえてしまったようだ。

「これで桜智さんもここを出て行くのか……あ、でも姐さんになるならここにいればいいのに」

最後の方は蓮に聞こえないよう小声で囁いてきた。ボンっと音が聞こえるくらい赤面した桜智は、義樹の脇腹を肘で突いた。ちらっと蓮を見れば気がついていないようでホッとする。

「それは……今は言わないでください。蓮くんもいるんですし。それに花城さんは僕となんか……」

一緒にはならないですよ、と言葉にして言えなかった。言ってしまえば本当になってしまう気がしたのだ。そうなる未来が待っているとしても……。

(花城さんには、婚約者がいるんだし。男の僕より女性の方がいいに決まってる。蓮くん

には母親は女性の方がいい）

　あのとき、花城に蓮の母親になってやってほしいと言われたときは頷いたが、酔いが覚めた頭で考えてみれば、やはり自分には務まらない気がしてきたのだ。

（それに花城さんとなんとなくぎこちないし、あの夜のことも全く話してない。もしかしたらなかったことにしようって思ってるのかも）

　そんなことを考えて一人で傷ついたりして、なにをしているのだろうと我に返る。それを何度繰り返したことだろう。

　真っ黒な画面のスマホを見つめたまま、桜智はぼんやりしてしまう。

「桜智さん、最近今みたいに魂抜けた感じになること多いっすね。やっぱりここから早く出たいって思ってるんすか？」

「え、いや、そんなことないよ。あの、僕これから不動産屋さんに行くんだけど、蓮くんお願いできますか？」

　いつも桜智にくっついてくる蓮は、この屋敷ではほとんど桜智が面倒を見るようになっていた。蓮もそれがうれしいようで、さっちゃんさっちゃんとあまえてくれてうれしい。

「了解っす。夕飯の準備ももうできてるんで、あとは俺一人でも大丈夫っす」

　ガッツポーズを見せる義樹にホッとして、ダイニングを出ようとした。すると桜智の体がくんっと後ろに引っ張られた。足元を見れば、シャツを掴んだ蓮がいつの間にか立っていたのだ。

「さっちゃん、おでかけですか？　僕もいきます」

「あ、蓮くんは義樹さんとお留守番しててくれる？」

蓮の前にしゃがんで目の高さを合わせてお願いする。しかし蓮は頷いてくれなかった。それどころかひっつき虫のように桜智の腕に無言でしがみついてきたのである。

「あれ……ど、したのかな？」

戸惑った桜智は蓮をそっと抱きしめる。義樹を見上げると、同じく困ったような顔をしていた。

「じゃあ、一緒に行こうか？　でもいい子にできる？」

桜智がそう言えば、蓮は花が咲いたような笑顔で顔を上げ大きく頷いた。桜智は立ち上がり義樹の方を向く。

「蓮くんを一緒に連れて行ったらだめですか？　歩いて行ける不動産屋さんだし、寄り道しないで帰ってくるので」

「どうっすかねぇ。若に聞いた方がいいと思うんすけど、でもまぁ、歩いて行けるところなら大丈夫……だと思うんで、一応、若にも連絡だけ入れといてください」

一存では決められないけど、と言いつつも了承してくれたので、花城にメッセージを送ったが、少し待ったが返事はない。一応、知らせておいたから大丈夫だろうと、蓮と手を繋いで花城宅を出た。

不動産屋までは歩いて二十分ほどだ。桜智と二人で出かけるのがよほどうれしいのか、繋いだ手をぶんぶん振って歩いている。

見知った商店街に入り、桜智の店があった場所に続く路地も通り過ぎた。ちらりとその路地の先を見やったとき、突き当たりにあるはずの自分の店がないことにまだ慣れなかった。

「こえね、さっちゃんにあげます！」

蓮が斜めにかけたお出かけ用のバッグから折り紙を出してくる。得意げな顔で桜智に渡してくるので受け取ると、また複雑な形をしたナニカだった。

（え～っとこれは……なんだろう。前は恐竜だったけど）

手にした折り紙を見ながら考えていると、蓮がパッとこちらを見上げた。

「サイです。ここがね、チュノです」

桜智の持っている折り紙の尖った部分を、指先でツンツンとしながら教えてくれた。蓮にはサイに見えるのだろう。いやそのつもりで作ったのだと思う。しかし目の前にあるのは複雑に折られたぺしゃんこの折り紙である。

「そっか！　サイさんなんだね。これも蓮くんが作ったの？」

「はい！　僕が作りまちた！　サイはとってもちゅよいので、さっちゃんを守ってくれます」

お守りのつもりでくれたのだろうか。小さな心遣いがうれしくて、桜智はにっこり微笑んでありがとう、とお礼を言う。蓮の機嫌はいい。手を繋いでまた歩き出す。自作の鼻歌まで飛び出している。

楽しそうに歩いている蓮を見ていると、不意に花城の言葉が頭に蘇る。

——蓮の母親になってほしい。

この言葉が桜智をずっと悩ませている。どうすれば覚悟ができるのだろうか。あの屋敷を出れば、この悩みも消えるのか。

ご機嫌な蓮と一緒に歩く桜智は、商店街から細い路地に入って少し歩いたとき、すみません、と背後から男性に声をかけられた。

「……はい？」

桜智が振り返ると同時に、細い腕を強く掴まれ男に引き寄せられた。驚いて蓮の手を強く握り声をあげようとしたが、男に羽交い締めにされ、叫ぶ間もなく湿った布で口を覆われる。

「ん～！　ん、ん、ん～！」

なにするんだ！　と言ったつもりだがすべての声は布に吸い込まれる。手を繋いでいたはずの蓮は、もう一人の男が抱え上げていた。すでに意識がないのかぐったりしている。

（誘拐!?　蓮くん！　まずい、意識が……）

意識が遠くなる中、桜智は力の限り抵抗した。

「めんどくせぇ」

男の声とともに鳩尾に激痛が走り、一瞬息が止まる。そしてあっという間に桜智の意識は真っ暗闇に吸い込まれてしまった。

どのくらい経ったのか、誰かが会話をしている声で桜智は意識を取り戻した。目を開けると視界はかなりぼんやりしていて、薄暗い空間はよく見えない。口には布が噛まされ頭の後ろできつく縛られていた。

「ここでヤツを待つんすか？　素直に書類を持ってきますかね？」

「来るだろ。自分の子供が誘拐されたんだぞ？　来ない親がどこにいる」

「でもこいつは必要だったんすか？」

「コウイチからの情報じゃ、ヤツの愛人らしいからな」

桜智の視界がようやくクリアになったとき、知った名前が出てきてドキッとした。コウイチなんてありふれた名前だから同名の人はいるだろう。しかしコウイチからの情報、愛人、という単語が花城組にいるそばかすの浩一の顔が浮かんだ。

（コウイチ……って嘘だよね？）

目の前には埃っぽいコンクリートが見えた。どこかの広い倉庫だろうか。天井は高く、大きな鉄製の扉は引き戸で少し開いている。そこから白い光が倉庫内に差し込んでいた。

（あっ……蓮くんは!?）

忙しなく目を動かし蓮を探す。すると桜智の頭の上の方に蓮が横たわっている。手足は桜智と同じように拘束されていた。

（まだ意識がないんだな……。誘拐されるとき、なにか薬品を嗅がされたから）

その影響か、こめかみがズキズキと痛みを訴えている。桜智よりも体が小さい蓮はまだその影響で目が覚めないのだろう。

倉庫の真ん中にはワンボックスカーと乗用車が停まっていて、その前で三人の男が話している。一体この人たちは何者なのだろうか。突然誘拐されるなんて、桜智は少しも考えなかった。

（僕が花城さんの家を出入りしているのを知っていて、蓮くんと一緒にいるのが僕だったから、だから……きっと誘拐されたんだ）

これまで数ヶ月、花城の組の者と交流し、一緒にかの屋の解体を見送り、桜智一人で買い物に何度も出歩いた。それこそアパートを探すために何件も不動産屋を回った。そのときに誰かに見られていたのか、跡をつけられていた気配はなかった。

（もしかして、監視されていたのに気づかなかったのかもしれない）

しかし考えられるのはやはり、狙いが蓮だということだ。幼稚園への送り迎えは必ず花城が行っていたし、幼稚園の保育士には組と繋がった女性が常に蓮の側にいると言っていた。それが今回は組の人間でもなんでもない、桜智と二人だけで外に出てしまったから狙われたのだろう。

（僕のせいで、蓮くんを怖い目に遭わせてるんだ）

なんとかしたくても、こうがっちりと拘束されていてはなにもできなかった。男たちは桜智と蓮に背を向けたまま話し込んでいる。蓮を誘拐したのはおそらく組絡みなのだろう。桜智はついでに攫われたにすぎない。

「それで、例の入札を阻止したら本当にあの二人を帰すのか？」

一番年上に見えるスキンヘッドの男が、金髪男を見やった。

「子供は帰してやってもいいな。殺すのは目覚めが悪い。でも……」

桜智の方をジロリと見てきた男の粘っこい視線に、背中に嫌な汗が滲む。

「あの男は売れるんじゃないか？　身内もいない、住所不定、無職だしな」

どうやら桜智の素性は調べられているらしい。確かに男の言った通りで、めぼしい財産もない桜智は、この体だけが唯一の財産だ。

花城との取り引きが終わったら、蓮は花城の元に返されるだろう。しかし桜智は……。

(でも花城さんがヤクザだってわかってたのに、離れなかった僕が悪いんだ)

これまでトラブルや不穏な出来事に遭遇しなかったから、これからもそうだと思っていた。世間一般の人とは違う世界の人たちであるという認識をしなかった。

「あの一角は俺らの島にするって決まった。入札は俺らの組が取ることになってるんだ。花城のヤツらにかっ攫われてたまるか」

「あの組は人数は少ねぇけど、資金は潤沢(じゅんたく)っすからねぇ」

一番若いであろう派手な服を着た男が、フーッと上に向かって煙草の煙を吐き出している。

「花城章介がすべての資金源だからな。あの男さえいなければ一気に潰せるんだ。今回の入札の件だってここまでしなかったんだがな」

スキンヘッドの男がちらっと桜智の方を見て、面倒くさそうに吐き捨てた。

桜智は男たちの話を聞きながら考える。桜智の住んでいたアパートの一角が取り壊されたあとには商業施設の入ったマンションが建つ予定で、その建設業者は入札で決まることになっていると、立ち退きの説明を受けたときに教えてもらった。そしてその中に入る商業施設の店舗も恐らく優先されるのだろう。

その入札に花城組を参加させないようにするため蓮を誘拐し、花城を呼んでこの場で手を引けと約束させるつもりらしい。もしも花城が来なければ蓮の体の一部を送るという恐ろしいことを話し始めていた。

（蓮くんの体の一部!?　そんな……こんな小さな子を傷つける気なのか!?）

未だ意識が戻らない蓮を心配しつつ、もしそうなったら自分の体の一部を使ってくれと言おうと思った。

「お、電話、きました」

若い男がスキンヘッドの男にスマホを渡す。大きな声で威圧するように話し始めたところをみると、相手は花城なのだろう。

「素直だな。書類を忘れないようにもってこいよ。時間通りだ。一秒でもすぎたら、かわいい息子の小指がなくなる。二秒すぎればもう一本だ」

まるで世間話をするような口調で通話を切った。来るってよ、と男の言葉に各々が準備を始める。金髪の男が側までやってくると、蓮の小さな体を抱え上げ桜智は拘束されている手を掴まれた。停まっているワンボックスの中に放り込まれて、あっという間に扉を閉められる。桜智は車の床に、蓮はすぐ横の座席の上だ。乱暴に扱われたからか、蓮の意識が戻り始めた。

「ん～……」

桜智は車の床に頭を擦り、口に噛まされている猿ぐつわを緩めて外した。

「蓮くん。大丈夫？」

囁くように声をかけると、閉じていた目がゆっくりと開いていく。目の前に桜智の顔が見えているが、まだぼんやりとしているようだ。

「さ、っちゃ……ん」

「うん。痛いところはない？　気持ち悪くない？　怖いだろうけど、僕がいるから大丈夫。パパもすぐに迎えに来るよ」

今の状況をわかりやすく説明しようと思ったが、とにかくパニックにならないようにしなければと思った

「パパ……パ、パぁ……ふえ……、えっ、えふっ……」

見知らぬ暗い車の中で手と足を縛られているのだから怖いのは当たり前だ。それに意識を失う前に、大人にされたことを思い出せば泣き出すのは当然である。

「蓮くん、泣かないで。大丈夫。僕がいるから」

そう言っても蓮の嗚咽（おえつ）は止まらなかった。暗い車内で蓮の大きな泣き声が響き始める。桜智の声は聞こえていないようだった。蓮の声は当然車外にも聞こえ、スライドドアが勢いよく開かれる。

「うるせぇな！　ギャーギャー泣くんじゃねぇ！」

スキンヘッドの男の怖い顔が蓮を睨みつける。その声と形相（ぎょうそう）に驚いた蓮はひゅっと息を飲んで一瞬だけ静かになった。しかし数秒後、烈火（れっか）のごとく大泣きを始める。

「ちくしょう！　さっきよりひどくなりやがった。だからガキは嫌いなんだ！　黙らねぇと指を切り落とすぞ！」

大泣きする蓮に向かって怒鳴りつける。しかし今度は驚いて泣き止みもしなくて、さらに蓮の声が大きくなった。

「子供を脅しても意味ないでしょう！　指を切り落とすなんて言って怖がらせたら、もっと泣かせるだけだ！」

　桜智がスキンヘッドの男に食ってかかる。男のこめかみにビシッと青筋が浮き上がり、黙れ！　と男の大きな手が桜智の頬を殴る。ひどい痛みが走ったが、桜智は男を睨みつけるのをやめなかった。

「蓮くんの指を切るのなら、ぼ、僕の指にしろ！　こんな小さな子供を傷つけるなんて、絶対にさせない！」

「お前バカだろ。大人の指と子供の指、大きさが違うんだよ。ああ、でも小指ならガキの人差し指で通用するかもしれないがな」

　せせら笑う男が桜智の髪を掴み、顔を覗き込みながら言ってくる。その濁った黒い目を見たとき、この男は本当にやるかもしれないと思った。でも蓮の指が切られるくらいなら、自分の指を差し出してもいいと思ったのは本当だ。

「お前、子供みてぇな顔してんな」

　突き飛ばすように掴んでいた髪を解放された。下卑た視線を向けられて背中に悪寒が走る。泣き止ませろ、と吐き捨てた男が乱暴に扉を閉めた。

　桜智は体を捩って床から車のシートに体を移動させる。座席に横たわっている蓮を、桜智は体の前で拘束された手を利用して抱き起こす。腕の中にすっぽりと入った蓮は、涙で汚れた頬を桜智の胸に押しつけてきた。

「僕が守るよ、蓮くん。大丈夫。……大丈夫」

まるで自分に言い聞かせるかのように何度も口にした。

「パ、パ……がっ、き、って、くれ、ま、しゅか？」

しゃくり上げながら途切れ途切れに聞いてくる。

「来てくれるよ。パパは絶対に来てくれる。助けてくれるよ」

蓮を腕の中で強く抱きしめて、不安で揺れる気持ちを必死に押さえる。きっと書類を持って花城はこの場所に来るだろう。この男たちが要求した通りにするのかはわからないが、とにかく今は、男たちの機嫌を損ねて蓮に危害が加えられないようにしなければいけない。

（足が……今ごろ震えてきた）

恐らく花城組と対立しているどこかの組員であろう男に、食ってかかった恐怖が今さら足にやってくる。誰かとケンカをしたり怒鳴ったりすることのない桜智だから、あんな風によく言えたなと自分でも思う。それは腕の中で震える蓮がここにいるからだろう。

（蓮くんがいなかったら、きっとなにも言えないままだっただろうな）

蓮が一緒にいることで桜智自身も勇気をもらっていた。誰かを守りたいという気持ちは勇気と力をくれるのだ。

どのくらい時間がすぎたのか、車の外が騒がしくなる。倉庫の扉が開くような音と、男たちの話し声が聞こえ始めた。

「早かったじゃないか」

「東城……お前も大胆なことをするな。銀誠会の看板を背負って誘拐か」

花城の声が聞こえて桜智も蓮も反応する。桜智は蓮の顔を見て何度も小さく頷いた。

「あいにく、俺は銀誠会を抜けたんだ。今は正式な組員じゃない」

「そんな人間がなぜC地区の建設に首を突っ込む？」

「今は銀誠会のコンサルタントとして関わってる。一般人だ」

花城の鼻で笑う声が聞こえた。車の外は緊張感が漂っているだろう。桜智と蓮も車の中で抱き合いながらその雰囲気を感じ取る。何度生唾を飲んだかわからない。心臓はいつもよりも嫌な音を立てて早足で鳴っている。

蓮が桜智のシャツをぎゅっと握りしめてきた。

「大丈夫だよ、蓮くん。車の外にパパが来てる。すぐ助けてくれる」

桜智が小声で囁くと目元を真っ赤にした蓮が見上げてきた。小さく頷いたあと、再び桜智の胸に顔を埋める。

「世間話は終わりだ。二人は無事なんだろうな？」

花城の声がワンオクターブ下がり、さらに威圧するような声音に変わった。

「約束は約束だ。ちゃんと守るさ」

男の嘘くさい上滑りしたような言葉が聞こえた。ワンボックスカーのスライドドアがゆっくりと開いていく。外の光が一気に入ってきて、桜智と蓮は眩しさに目を細める。

「パパ！」

「花城さん！」

倉庫の入り口から指す光を背負った花城が見えた途端、桜智と蓮は同時に叫んでいた。濃いシルバーの光沢のあるスーツに身を包み、その上から膝まである長いコートを羽織っている。威風堂々とした存在感のある雰囲気は、普段の花城とは全く違っていた。

「待たせたな。二人とも」

さっきまでとは違うやさしい声音で言われて、桜智は反射的に泣きそうになる。どれほど怖くて不安だったかを思い知る。それが幼子（おさなご）の蓮なら桜智よりももっと恐ろしかっただろう。

「生存確認はここまでだ」

「あっ」

花城の姿を目にしてようやく安堵できたのに、男の声とともに車のドアが再び閉められてしまった。閉まる寸前に花城が桜智に見せたのは、ベッドで好きだと言ってくれたときと同じ目だった。

このあと東城と取り引きをして穏便に終わるのだろうか。何事もなく桜智と蓮は解放されるのか。再び暗い車内に緊張感が高まる。

さっきまで聞こえていた会話が聞こえなくなる。どうやら声のトーンを落として話しているのか、それとも車から離れた場所に移動した可能性がある。なににしても桜智にはどうすることもできず状況を見守るしかなかった。

そのとき——。

「桜智さん、蓮坊っちゃん」

車の反対側の扉がそっとスライドして開いた。そこから顔を覗かせたのはなんと時雄である。

「時……っ」

「しっ！　静かにしてください。今、若が車から離れた場所で東城と取り引きの話をしてるんで、その間に逃げましょう」

手足を拘束していたグレーのダクトテープを時雄が切ってくれる。桜智は礼を言って蓮を抱き上げ車からそっと降りた。車の陰から入り口の方を見ると、花城たちが乗ってきた車が見える。そこから右側に積み上げられた貨物木箱の近くに花城の姿があった。

「それで書類はどれだ？　偽物じゃないだろうな」

「見ればわかるだろう。本物だ」

木箱の上に花城がファイルのようなものを放り投げている。逃げ出すのにはタイミングが必要だが、足が動くか桜智は不安だった。

花城が置いた書類を東城が手に取って確認し始めた。その脇に二人の男が辺りを警戒している。こんな状況で距離のある出口まで蓮を抱えて走る自信がなかった。

「パパ……っ」

息を飲んでタイミングを見計らっていたとき、蓮が車の陰から花城の姿を目にして花城を呼んでしまった。咄嗟に蓮の口を手で塞いで車の陰に引っ込んだが、東城の隣にいた金髪の男が振り返る。見られる前に姿を隠せたと思うが、突如として緊迫感が増した。

「どうした？」

「いや、ガキの声が……聞こえて」

足音が車に近づいてくる。車内を見られたら二人がいないのがバレてしまう。車のスライドドアを引く音が聞こえてすぐだった。

「兄貴！　ガキと男がいないっす！」

「あ!?　なんだと!?」

イラついた男の怒号が聞こえ、車に人が乗り込む音がする。

(どうすればいいの!?)

桜智は時雄の顔を見やり、今にも車の陰から飛び出したい気持ちだ。しかし怒号を上げた男のうめき声が聞こえ、車の中に入ってきた若い男が、兄貴！　と叫んでいた。

「桜智さん、走りましょう！」

車の陰から花城がいる方をひょいと覗き、状況を見た時雄が桜智に向かって言う。怖かったが、走れないなんて言っている場合ではない。腕の中には蓮を抱いているのだ。

「入り口の黒い車の陰まで走って！」

言うやいなや、時雄が車の陰から飛び出した。それに習って桜智も蓮を抱えたまま走り出す。

花城が取り引きしていた方を見やると、スキンヘッドの男に蹴りを食らわせ、もう一人が殴りかかってくるのを華麗に躱(かわ)してボディにパンチをお見舞いしていた。それはもうまるでダンスをしているような動きだ。

車の中の様子を見に来た金髪の男が、蓮を抱えた桜智たちに気づいてこちらに向かってきた。

「このクソガキが！」

桜智は男の腕に掴まれる。振り払おうにも蓮を抱えているので思うように抵抗できない。

「蓮くん、時雄さんのところへ！」

桜智は時雄の走って行く方へ、蓮を突き飛ばすようにして手を放した。振り返った時雄が倒れ込んでくる蓮を受け止める。

「時雄さん！　早く行って！」

金髪の男が蓮を追いかけようとするので、桜智はその男の腰にしがみついた。目的は蓮を人質に取ること。桜智はついでに誘拐されただけなのはわかっている。

「ちくしょう！　離しやがれ！」

腰に巻きついている桜智を剥がそうと、男が背中を殴ってくる。激しい痛みに息が詰まったが桜智はそれでも男から離れなかった。

「くそ！　なんだこいつ！」

背中を殴るのをやめると、今度はポケットからなにかを取り出し、持ち手の部分からシルバーの先の尖ったものを出現させる。それを桜智の目の前に突きつけてきた。そしてドスの利いた声で、離せ、と命令される。

（ナ、ナイフ……！）

さすがにその脅しには抵抗する勇気はなかった。桜智は男の腰から腕を放し、ゆっくりと距離を取る。そのときにはもう時雄と蓮は花城の乗ってきた車の中で、運転手の義樹になにか怒鳴っているようだった。

「義樹！　早く車を出せ！」

花城の怒鳴り声が倉庫内に響いた。車の窓から顔を出した時雄が必死の形相で花城になにか叫んでいる。

「だってまだ若も桜智さんもいるのに！」

「私のことはいい！　桜智さんも傷つけさせない。だから蓮を連れて行け！」

起き上がってきた東城が花城の背後から襲いかかろうとしている。桜智はナイフを持った男と対峙していて、花城とは距離がある。せめて教えなければ、と息を吸って叫ぼうとしたとき、倉庫の脇にある扉がドーンという音とともに何者かに蹴り開けられた。

東城がそちらに気を取られ、花城も振り返る。入ってきたのは緒方だった。

「遅いぞ、信之(のぶゆき)！」

「外にも見張りがいたんですよ。これでも急ぎました」

床に倒れていた男が立ち上がろうとするのを緒方が蹴り上げ、再び床に沈める。東城が距離の近い緒方の方に襲いかかった。繰り出された拳はスローモーションのように見え、その腕を跳ね上げた緒方は、がら空きの東城のボディに一発をねじ込む。ドスンという鈍い音とともに、東城は力なく床に倒れ込んだ。

「兄貴！」

叫んだのはナイフを出した金髪の男で、次の瞬間には桜智の腕は男に掴まれていた。

「くそっ！　お前でもいい！　おい！　こいつがどうなってもいいんだな!?」

背後に回った金髪男に首を羽交い締めにされ、顎の下にナイフを突きつけられた。少しでも動けばナイフの刃が桜智を傷つけそうである。

「桜智さんに傷ひとつつけるなよ。傷つけたら、お前を絶対に許さない」

花城が今にも金髪男を射殺す勢いで睨みつけてくる。その殺気だった視線に桜智も背中が震えるほどの恐怖を感じた。花城の隣にいる緒方とともに、じりじりと間合いを詰めてくる。そのぶんだけ桜智を引きずるように男が下がっていく。足元がふらついた拍子に、ナイフが桜智の耳垂(みみたぶ)を少し傷つけた。ぴりっとした痛みに顔を歪ませると、それを見ていた花城の顔色が変わった。

「そのナイフで桜智さんを傷つけたら、許さないと言った」

花城と緒方が同時にスーツの内側に懐(ふところ)に手を入れる。

「な、なにをする気だ！」

花城と緒方の動きに警戒し、桜智に突きつけているナイフがさらに首筋に押し当てられる。

「なにって、わかりきっていることだ」

花城が桜智の後ろに立つ男の顔を睨みつける。金髪男は花城の殺気に気圧（けお）され、桜智を抱えていた腕の力を緩めた。腰が抜けそうになっていた桜智はその場にへたり込みそうになった。男は桜智が逃げると思ったのか、目の前でナイフが振り上げられ、その切っ先が無情にもこちらに向けられる。

（もうだめだ！）

恐ろしくて目を閉じたとき、ドゴォンと信じられないほどの大きな音が轟（とどろ）き耳に響く。すぐ近くで男のうめき声が耳に飛び込んでくる。男の体は桜智から離れていった。

肩を竦めて目を閉じていた桜智は、ゆっくりと瞼を開く。目の前にはいつの間にか花城が立っていて、伸ばされた腕に桜智の体は引き寄せられる。花城の手元には、テレビや映画でしか見たことのない銃が握られていた。

凄まじいあの音は拳銃の発射音だったのだ。これが金髪男のナイフを弾き飛ばしたのである。

「大丈夫か？　耳を切られたのか？　見せて」

右耳の耳垂を花城が素早く確認し眉をひそめる。傷ついたその耳垂に花城が唇を寄せた。

「あっ……」

こんなときなのに、花城に耳を舐められて感じてしまう。そのあとに少しの痛みがやってきて、ナイフで傷ついたのだと思い知った。

「大丈夫だ。少し切れているけど、たいしたことはない。よかった」

驚きと安堵でパニックの桜智は抱きしめられてなにも言えず、ただ安心できる腕の中で頷きながら花城の胸に埋めた。

「長居は無用です。早く行きましょう」

抱き合っている二人に声をかけてきたのは、気絶している金髪男をダクトテープで腕を拘束している途中の緒方だ。急いで倉庫から出た方がいいと言われ、一同は近くに停めてあった車に乗り込む。緒方の運転でその場をあとにした。

車の後部座席では、震える桜智の体をずっと花城が抱いてくれている。なにも会話はないまま屋敷に到着し、肩を抱かれた桜智はようやく玄関に足を踏み入れて呼吸ができた気がした。

「さっちゃん！」

先に帰ってきていた蓮が、ものすごい勢いで走ってくる。目の周りと鼻の頭は真っ赤で、どれだけ泣いたのかとかわいそうに思った。

「蓮くんも無事でよかった」

手を広げて蓮を抱き留めて、そのままぎゅっと抱きしめる。蓮の短い腕と小さな手が桜智の背中に回る。

「ごめんね。ちゃんと守ってあげられなくて。……ごめん」

「桜智さん、とにかく上がりましょう」

緒方に促されて、桜智は蓮を抱き上げて中へと入る。通されたのはダイニングではなく、今まで入ったことのない二階の広い部屋だった。

部屋に入ってすぐ、桜智に抱っこされている蓮を花城が受けとる。

「蓮、桜智さんは今からオヤジと話があるんだ。少し部屋の外で待っていて」

「い、いやです……」

蓮が桜智の首にぎゅっと強く腕を回してくる。その気持ちはわからないでもない。誰かの温もりを感じていると、今はとても気持ちが落ち着くのだろう。

少しぐずった蓮だったが、花城に諭されて諦めたように桜智から離れていく。

「緒方、蓮を頼む」

脇に手を入れられた蓮は、そのまま廊下にいる緒方の腕に移動させられる。不安げな顔をした蓮は緒方と一緒に行ってしまう。部屋の引き戸が閉まる最後まで、寂しそうなその視線は桜智の方を見ていた。

（話が終わったらすぐに抱っこしてあげよう）

　蓮を見送ったあと、桜智はようやく部屋の中程まで進む。

「帰ってきてすぐ、こんなところに連れてきてすまない、桜智さん。休みたいだろうけど、もう少し頑張ってほしい」

「あ、いえ、大丈夫です。疲れてますけど、蓮くんほどじゃないです」

　桜智は疲れた顔に笑顔を貼り付ける。本当は少し休んでからの方がよかったが、花城がこの部屋に桜智を連れてきたのにはきっと理由があるのだろう。そう思い、用意されてあった座布団に座りホッと息をつく。

　しばらくして部屋に入って来たのは、一度だけ話をしたことのある花城組の組長だった。麹塵（きくじん）色の落ち着いた着物を着ていて、そこにいるだけで威圧感のあるオーラを放っている。

（組長さん、だ。前に会ったとき初対面で緊張したけど、今ほど怖いとは思わなかった）

　部屋の空気はピンと張り詰めていて、桜智の向かいに置かれてある座布団に静かに座った。数秒の沈黙が息苦しさを連れてくる。

「桜智さん、申し訳なかった」

　浩太郎が突然、畳に両拳を突いて頭を下げたのだ。突然のことに驚いて、桜智はなにも言えずに固まった。頭を下げた状態で、浩太郎は話し続ける。

「わしらの問題に桜智さんを巻き込んでしまったことを、まず詫びたい。あなたは堅気(かたぎ)で、わしらと住む世界が違う。ここにあなたを住まわせたのはわしらの甘えだった」

浩太郎がゆっくりと頭を上げる。その顔はさっきの威厳ある組長のものではなく、年相応のただの人のように見えた。今回のトラブルに巻き込んだことを、組長自ら謝罪してくるとは思わず驚いた。

「義樹の料理の腕が悪くて、蓮も懐いていて、章介もあなたを気に入っているばかりに、桜智さんに甘えた。だが、わしらは極道だ。普段どれだけ地域の方と馴染んでいても、住む世界の違う極道なんだ」

住む世界が違うと言われて、それが桜智の胸の中に重くのしかかる。どんなに温和な人が多くても、おおっぴらに犯罪を犯していなくても、世間からの認識はヤクザなのだ。

「ここに出入りするということは、今後もトラブルに巻き込まれることはあるだろう。いつでも章介や緒方が助けてやれるとは限らない」

今回の出来事を謝罪され、花城組が今後も他の組となんらかのトラブルはあるということも説明された。わかっているつもりだったが、これまで自分の身が危なくなるようなことがなかったから、これからもそうなのだと思い込んでいたかもしれない。

浩太郎の謝罪を受けた桜智は「オヤジと二人で話すことがあるから」と花城に言われた。浩太郎との話を終えた桜智は廊下に出る。蓮のいるダイニングに向かう。きっと緒方たちと一緒にいるはずだ。廊下を進んで階段を降り始めると、その階段の一番下に蓮と緒方が座っていて、桜智が降りてきたのに気づいて勢いよく振り返った。

「さっちゃん……」

「蓮くん」

不安そうに桜智を見上げる蓮が立ち上がり、階段を駆け上がって桜智に抱きついてきた。小さな蓮の体をぎゅっと抱いて、ごめんね、と謝る。蓮はなにも言わずに桜智の首に腕を回し、もう離れないというように力を込めてきた。

「大丈夫だよ、蓮くん」

桜智は蓮を抱きかかえたまま階段を下り、立ち上がった緒方と一緒にリビングへと向かった。中に入ると組のメンバーが顔を揃えていた。そこには桜智の知らない顔もいる。リビングに入ってきた桜智の姿を見た、時雄と義樹が勢いよく立ち上がった。時雄に至っては今にも泣きそうな顔をしている。

「桜智さん！　ああ～よかった、マジで本当に、よかったっす～！」

目元に腕を当てて肩を震わせている。顔を上げたときは目が真っ赤で、泣き真似ではなく本当に泣いているようだった。

「桜智さん、怪我はないですよね？」

義樹も心配そうな顔で尋ねてきた。平気です、と笑いながら言ったのだが、それがかなりぎこちなかったようで義樹はショックを受けたような表情になった。

「とにかく今日は、ゆっくり休んでください。蓮も寝ているようなので」

桜智の後ろに立っている緒方が言う。どうやら蓮は桜智の腕の中で眠ったらしい。怖い目に遭って疲れたのだろう。それは桜智も同じだった。

緒方に蓮を渡そうとするが、寝ているはずなのに桜智の首から腕を放そうとしない。

「あ、あの、離れないようなので、このまま部屋に行ってもいいですか？　無理に離して起こしてもかわいそうですし」

「では、蓮坊ちゃんの部屋までご一緒します。そこに桜智さんの布団も敷きましょう」

時雄と義樹のなんともいえない、申し訳なさそうな顔にうしろ髪を引かれながら、今度は緒方のあとについてリビングを出る。二階へ続く階段を上りながら、組長の部屋がある方とは逆に緒方が歩いて行く。あの部屋で花城と浩太郎はまだ話しているのだろう。

（なんの話をしてるのかな。やっぱり一般人の僕をここに置いておけないって話なのかな。もう蓮くんや花城さんとも、一緒にいられないのかもしれない）

住む世界が違う、今日はそれを浩太郎から釘を刺すようにはっきり言われた。そしてこれから先も今日のようなことは起こりうるということも。

——いつでも章介や緒方が助けてやれるとは限らない。

浩太郎からの言葉を頭の中で考えていると、突き当たりの部屋で緒方が止まり扉を引いた。何度も入ったこの部屋は、とてもカラフルな壁紙やチェスト、天井からは飛行機や星、スペースシャトルの飾りが下がっている。緒方が押し入れから布団を出して敷き始めた。

「そういえば蓮くんはどうしてお布団寝なんですか?」

「以前はベッドだったんですが、蓮坊ちゃんが何度もベッドから落ちるので、布団に替えたんです」

マットレスの上に布団を敷き、それをかわいらしいクマ柄のシーツで緒方が丁寧に包んでいく。

「さあ、蓮坊ちゃんを」

「あ、はい」

桜智は畳に両膝を突いて、蓮を布団の上に寝かせようとする。しかし一階にいたときと同じで、桜智の首から腕を放そうとしなかった。

「あ~困ったな。どうしよう。離れないようなので、このまま一緒に横になって大丈夫ですか？」

「そうですね。下手に起こさない方がいいですね。もう一つ隣に布団を敷いておきますよ」

そう言って緒方が部屋を出て行き、桜智は蓮の布団の上で蓮とともに横になった。マットレスが厚めで質がいいのか、体を横たえるとドッと疲れが全身を襲った。今までずっと桜智自身も気づかないうちに気を張っていたようだ。

（すごい、眠気が……）

蓮が自然に腕を放すまで横になっていようと思ったのだが、布団に意識が吸い込まれるように眠気に襲われる。目の前の泣き腫らした目の蓮を見つめていると、桜智の瞼も自然に落ちていくのだった。

なにかの気配に気づいて、桜智は目を開く。薄暗い部屋には、目の前にはぐっすり眠っている蓮の顔があった。それを見てホッとしてまた瞼が下りてきそうになったが、蓮の向こう側からひょいとこちらを覗き込んでくる顔に気づいて一気に覚醒した。

「花し……っ」

「しっ！」

思わず大きな声で名前を呼びそうになった桜智に、花城が自分の唇に人差し指を当て、静かに、と制してきた。

「蓮が起きないように、そっと話そう」

薄闇の中でも花城は色っぽく桜智の意識を釘付けにする。花城の提案に小さく頷いた。

花城は肘枕の状態で、蓮の向こう側から桜智を見下ろしている。

「組長さんと、お話は終わったんですね」

「ああ、終わった。今回のことは巻き込んで本当に悪かったとまた謝ってたよ」

「あ……いえ、別にそれは」

いいんです、と言おうとしたが、それもおかしな気がした。誘拐されて拘束されて脅され、ナイフまで突きつけられた。挙句の果てに目の前で花城が発砲し、まるで映画のワンシーンに自分が参加している気がした。桜智の耳垂は少し切れているし、別にいい、ことなどなにもない。

「銃を使ったことも謝らないとだめだな。桜智さんが人質に取られているのに、撃ってしまった。怖い思いをさせたと思う」

確かに驚きはしたが、怖かったのはナイフを持った男の方だった。あの一瞬、花城が撃っていなければどうなっていたか。桜智の頸動脈(けいどうみゃく)を本当に切っていたかもしれない。怖いというよりもまるでテレビドラマを見ているような気持ちだった。

「疲れていたようだな。二人ともかなりぐっすり寝ていた」

「あ、今、なん時ですか？」

「夜中の三時だよ。帰ってきてから十時間くらいは眠ってる」

「そ、そんなに、ですか……」

自分でも思った以上に疲労していたことを知った。布団に横になった途端、吸い込まれるように眠るのも頷けた。

そしてずっと気になって頭から離れないことがあった。それは浩太郎と話したその内容だ。住む世界が違うと言われ、花城宅を出ることは決めているが、そうしたらもう二度と会えなくなるのではないかということ。

そしてもう一つ。花城とのことだ。あの夜に肌を重ね、蓮の母親になることを了承し、家族になりたいと思ったが、しかしまだ不安に思っていること。あれから花城とそのことについては全く話していなかった。

（蓮くんの母親になってと言われたあのときは、それがうれしくて頷いたけど、でも、本当は僕なんかよりも……もっと相応しい人がいる。それを花城さんには伝えていない）

今回のトラブルのことも聞きたいが、今は花城の考えを聞きたいのが本音だった。

「あの、花城さん。僕はここを出ていくつもりですけど、そうしたらもう、会えなくなりますか？」

「え？」

「組長さんにも、何度も住む世界が違うって言われましたし、あれってもう、関わるなってこと、ですよね？」

「ここを出て行っても、私は桜智さんとの交流は持ちたいと思っている。それは蓮も同じだろう。本当は、同じ極道の組員だと思われるのが怖いとかじゃないのか？」

「怖くないといえば嘘になります。でも蓮くんにはこれからも会いたいですし、花城さんとも離れたくないというのも本音です」

「なにを迷っている？　私は桜智さんを離すつもりはない」

花城の声のトーンが少し上がり、二人の間で眠る蓮がその声に反応して身じろいだ。

「あの夜に、花城さんが言った……蓮くんの母親になってほしいという言葉に頷きました。でも、花城さんには幸い礼香さんという婚約者さんがいらっしゃいますし、蓮くんの母親は女性の方がいいと思うんです」

これまでずっと考えていたもやもやした気持ちを花城に伝えられた。胸が痛むし、きっとひどい顔をしていると思う。この部屋が薄暗くなかったら全部見られているところだ。

（よかった。みっともないところを見られなくてすむ）

また元の生活に戻るだけだと考えたが、もう以前のような店主と客という関係にも戻れない。ここを出ていけば、きっと花城や蓮、他のみんなとも交流はなくなってしまうだろう。それを寂しく思う自分がいるし、心の奥ではこのままこの家にいたいとも考えている。

だがそれには相当の覚悟も必要だ。

「桜智さんは、蓮のことが好き？」

「え、あ……はい、好きです」

「蓮も君のことが好きだ。私も同じだよ。あの夜に言った言葉は忘れていない。それに今もその気持ちは変わらない。きっと蓮も同じだ」

「でも、礼香さんと婚約されているんですよね」

「前にも言ったが、それは礼香とオヤジが勝手に言っているだけだ。私は誰とも結婚はしない。いや、言い方が悪かったな。好きでもない相手と一緒になる気はない。私が好きなのは、愛しているのは桜智さんだから」

好きと愛してると同時にもらうなんて思いもしなかった。花城の言葉を受けて、自分の体温がひゅっと上がった気がする。

（好きよりも、愛してるの方がずっと深い。僕だって花城さんと離れたくない。蓮くんと

もっと一緒にいたいと思ってる)

　このままこの場所にいたいと言えば、花城は浩太郎を説得してくれるだろう。だが堅気の人間から世間では認められていない、反社会的な世界に足を踏み入れることになる。その覚悟が必要だ。

「桜智さんは、どう思ってる？　私が極道なのは変わらない。これまでもこれからも」

「僕も、花城さんが好き、です。あの夜に言ったことは今も変わりません。でも……」

　迷っている。自分の人生が一八〇度変わってしまうことに。

「桜智さんの言葉の最後に『でも』がつく。それは理解できるよ。私や蓮と一緒にいることを選べば、桜智さんの人生は全く変わってしまう。それは相当な覚悟がいることだ」

「すみません……」

「謝らないでくれ。普通の人は悩むものだ。しかし私は、桜智さんや蓮を命をかけて守りたいと思っている。私を信じてはもらえないだろうか」

　蓮を挟んで横になっていた花城が起き上がった。桜智の隣に移動し、横であぐらをかいて座る。桜智も起き上がろうとするが、腕を枕にしている蓮をどかさないと無理なようだった。

「桜智さんはそのまま寝ていていいよ。蓮が起きてしまうから」

花城に制されて、桜智は起き上がろうとしていた体を再び横たえた。見上げる花城は、薄闇の中でじっとこちらを見つめているようだった。

「花城さんを、信じたい、です。でも、僕はすべてあなたに助けられて生きるのは、嫌なんです。かの屋を失って、住む場所も追われて、僕の生きる意味はなくなってしまいました。だからといって、花城さんを好きだからといって、それを全部助けてもらおうっていうのは、そういうのは……」

「そうだな。そういう桜智さんだから私は好きになったんだ。でもこれから先の人生、私は桜智さんに関わっていくことはやめたくない」

花城の手が桜智の頬に触れた。少し冷たくて、でもそれが心地よくてうっとりしてしまう。やさしげな眼差しは愛しい人を見つめるそれで、なにもかもを委ねてしまいたいと思う。

（子供が好きで思いやりがあって、格好いい……すごく好きだ）

花城と出会ったこれまでを思い出す。初めてかの屋に来てくれたときのこと。恥ずかしそうに花城の後ろに隠れていた蓮が、徐々に桜智に慣れていった。その過程はかけがえのない思い出だ。

初めて花城組の屋敷を訪れたとき、料理を振る舞ったとき、美味しいと喜んでくれた花城の笑顔。

（花城さんと……寝た夜。すごく、幸せだった）

しばらく花城の指が桜智の頬を撫でていた。その感触にうっとりとして目を閉じていたが、不意に指先が離れていったので目を開ける。

「ずっと私と蓮の側にいてほしい。私と、家族になってほしい」

真剣な眼差しで、その声は一切のブレも淀みもなかった。心からの言葉であるとわかる。

この先、どんな運命が待ち受けていようとも、花城が側にいればなにも心配ないだろう。

蓮とも離れたくはない。一度は蓮の母親になると頷きもした。あれは本心だったし、そうできればどんなにいいだろうと心から思った。

桜智は花城の手を握る。口元に笑みを浮かべて花城を見上げた。

「かの屋は僕の生きがいでした。それがなくなったら意味がないって、そう思っていました。でもそれは違っていたみたいです」

「桜智さん……」

「花城さんの言葉を、信じようと思います。生きがいは、きっとまたなにか見つかりますよね」

桜智がにっこりと微笑むと、泣きそうな笑顔の花城が見える。手を握り合い、心が通じ合ったこの瞬間を楽しんでいると、桜智の腕を枕にしている蓮がむくりと起き上がった。

「パパ……さっちゃん？」

「起きたか？　蓮」

「う……っ、腕が痺れてる」

蓮の頭が乗っていた腕は感覚がなかった。桜智は起き上がって右腕を撫でたり揉んだりしながら感覚を戻そうとしていた。すると蓮が桜智の太ももに頭を乗せてきて、今度は膝枕状態になる。

「蓮くん、まだ眠い？」

「……はい、ちょっとです」

ただごろごろしたいだけかもしれない。そう思って蓮の頭をそっと撫でる。それが心地いいのか、蓮は安心したように目を閉じた。それでも桜智は小さく丸い頭を撫で続ける。ゆったりとした穏やかな時間が流れていた。

桜智の頭に花城の手が乗せられ、やさしく撫でられる。ぴくっと反応したが、桜智はされるがままに受け入れた。

蓮が再び眠ったので、桜智はそっと小さな体を布団に寝かせ、花城と一緒に部屋を出た。自分の部屋に戻りますと言おうとしたとき、無言で花城に抱きすくめられた。

「あっ……」

「さっきの言葉は信じていいのかな？」

花城の声が耳元で聞こえる。桜智の心拍数はぽんと跳ね上がり、それを花城に知られてしまうのではないかと焦った。

「あ、はい……本当です。でも、組長さんとか礼香さんはきっと反対されると、思います」

「そんなことよりも、君が本当に私でいいのかと不安になった。あの夜は酒が入っていたからね。君は男性嗜好ではないだろう？　そういう面で不安はないのか？　もしも好みの女性が現れたら……」

耳元で囁くような花城の声に不安が滲んでいた。そう聞かれて桜智は改めて思った。不安なのはなにも桜智だけではないのだ。花城も同じく不安に思うのだと。

「花城さんを意識したとき、もちろんあなたが男性であることに困惑して、どうして男性に対してこんな気持ちになるんだろうと、思いました」

それでも同性が相手だから、自分がおかしいのだとそんな風には思わなかった。これまでまともな恋愛をしてこなかったからなのか、それとも昔から本当は男性嗜好だったのかはわからない。ただ好きになった相手が男性だった、というそれだけなのだ。

その気持ちを詰まりながらもゆっくりと、自分がどんな思いで家族になってほしいという花城の提案を受け入れたかを打ち明けた。

「花城さん、だからそんな不安そうな声を出さないでください。好みの女性が現れても、僕の好みは花城さんなのできっとなびきません」

桜智は花城の背中にそっと腕を回し、ぎゅっと抱きしめた。

「桜智……と呼んでもいいか？」

名前を呼び捨てにされて胸の奥がきゅうっとする。甘酸っぱくて切なくて、うれしい気持ちと照れくささがないまぜになった。

「……はい。慣れるまで毎回ドキドキしそう、ですけど」

「はは、かわいいね、桜智は。私のことも章介と呼んでくれていいよ」

「それは、かなりハードルが高いですね」

ふふふ、と笑い合い、抱き合っていた腕を解く。蓮の部屋よりも少し明るい廊下は、お互いの表情がちゃんと見える。花城の瞳が自分を見ていることに、桜智は静かに歓喜した。

「私の部屋へ行こう」

その言葉の意味はもう説明されなくてもわかっている。今日はアルコールも入っていないし、そのつもりで花城の部屋に行く。さすがに照れくさくて俯いてしまった。

「桜智?」

「あ、はい。あの……ちょっと恥ずかしくて、その……」

「はは、やはり桜智はかわいい」

花城に顔を上げさせられ、前髪をわけられたと思ったら、額にちゅっとキスをされる。そして肩を抱かれ桜智は花城の部屋へと向かった。

部屋に入って扉を閉めた途端、その扉に背中を押しつけられ大人のキスをされる。唇を割って花城の舌が口腔へ入ってきた。やさしいやわらかいキスは桜智を蕩かせる。舌同士が擦り合わされ、腰の奥がじんじん痺れて膝の力が抜けそうになるのを我慢した。

「あのっ……体が埃っぽくて……その、シャワーだけでも浴びたいんですが、いいですか?」

「そうだな。それじゃあ、一緒に入ろうか」

ニヤッと意地悪い笑みを浮かべた花城が、離すものかと桜智の腰に腕を回してきた。ここでそれは嫌だと言っても無理だろうなと思い、桜智は小さく頷く。

花城の部屋から続いているバスルームに二人で向かい、脱衣所でキスをしながら花城が桜智の服を脱がせ始める。自身の服も素早く脱ぎ捨て、浴室の扉を開けられたときには、二人とも生まれたままの姿だった。抱き合うと、下半身で息づく熱塊が互いの肌に触れ、さらにその硬さを増す。

浴室は大人の男性が二人で入っても広く、大きな浴槽も恐らく特注なのだろう。掃除の行き届いたバスルームで、二人は濃厚なキスをする。淫靡な音が反響し、いやでもその気にさせられてしまう。

シャワーの蛇口が捻られ、水から湯に変わったそれを桜智の肩に浴びせてくる。浴室には湯気が充満し始め、備え付けの鏡がみるみる曇っていった。

「私が洗うから、桜智はなにもしなくていい。ここに座って」

ここに座って、とバスチェアを置かれ、桜智は一瞬だけ戸惑ったがなにも言わずに腰を下ろした。頭を洗ってもらうと、今度はボディソープを手に取った花城がやさしく桜智の肩に触れてきた。

「細い肩だ。この肩にかの屋を背負っていたのか」

独り言のように呟いた花城が、桜智の肩をやさしく撫でてくる。よく頑張ったねと言われているようで、その気持ちが胸に迫った。

しかし労うような花城の手は、すぐさまその動きを変える。桜智の鎖骨を撫でながらさらに下へと滑ってきたのだ。

「……んっ」

桜智の胸の先を花城の指先が掠める。反射的に声が出てしまい恥ずかしくて顔が熱くなった。

「洗っているだけなのに、私を誘うような声を出すんだな」

「だ、だって、それは花城さんが……」

「私が、なに？」

花城の手が目の前の鏡を拭き、鏡越しに桜智を見つめてくる。花城の手がゆっくりと、桜智に意識させるように胸の先を撫で始めた。

「は、花城……っ、さんが、あっ、んっ、そこを……そ、こ、さわ、るっ、から……っ」

「そこって、どこ？」

花城の指先がボディソープのぬめりを纏い、何度も乳首の上を通過していく。そのたびに乳首は硬度を増し敏感にその刺激を拾っていった。

「そ、それっ……あっ、んんっ、や、やぁっ」

「いい声だな。さあ今度は下半身を洗ってあげよう」

さんざん胸を弄られた桜智は、その刺激だけで頭がぼんやりしていた。立たされ、両手を目の前の鏡に突かされる。花城の手が背中や腰、臀部《でんぶ》へと伸び、背後から前にその手は

移動してきた。

「ここは念入りにきれいにしような。それからこっちもだ」

片方の手は桜智の後孔に伸び、前と後ろを同時に弄られる。

「あっ、あっ、あっ、や、あぁあ、んんっ……そんなに、しないで」

「なんだ？　どうした？　私は洗っているだけだろう」

「そん、そんな……っ」

花城の指が後孔の周りを撫で回し、もう片方の手は桜智の熱塊を握って扱いている。何度も背中にキスをされ、ときどき舌を這わせてきた。桜智の体はビクビクと震え、今にも膝から頽れそうになっている。それでも花城はやめてくれない。

「よし、きれいになった。あとは流すだけだ」

もう少しでイってしまいそうだと思ったとき、花城の手が桜智の体から離れていった。肩で息をしていると、背中から熱いシャワーが浴びせられる。体についていた泡が桜智の肌の表面を流れていく。シャワーが下半身に向けられ、その刺激で桜智は腰を引く。すると尻に硬いものが当たり、さらにそれを押しつけられた。

（あ……、すごく硬いのが――）

鏡越しにこちらを見ている花城と目が合った。ニヤリと口元に笑みを浮かべた彼が、桜智の肩口にキスをする。

二人でシャワーを浴び終え、バスタオルで大まかな水滴を拭き取られた。髪はまだお互いに濡れていたが、もうベッドは目の前だ。我慢はできなかった。

キスをしながらベッドのある方へと移動していく。止まっていた部屋の空気が、淫靡な色に染まるような気がして照れくさい。

桜智の膝裏がベッドの縁に当たる。そのまま体重をかけられベッドへ押し倒された。きれいな顔を見上げていると、花城がベッドに片足を乗せて跨がってくる。しなやかな手が伸びてきて、桜智の唇に指先で触れてきた。その指は桜智の口の中へ入ってくる。その様子を花城が色っぽい瞳で眺めていた。舌を撫でられ、歯列をなぞられてビクッと反応し、桜智は花城の指にわざと歯を立てて甘噛みをする。子犬のように舐めると、花城がふふっと笑った。

「かわいいことをするんだな」

桜智は微かに口元に笑みを浮かべる。口の中から花城の指が出ていくと、バスルームでさんざん弄られた胸の先にその濡れた指先が触れる。

「はっ……ぁっ！」

敏感に刺激を感じ取ったその尖りは、あっという間に硬く凝（こ）って立ち上がり、つんと天を向いてさらに感覚を鋭くさせていく。

「白い肌がとてもきれいだな」

「そ、そんなに、見ないでください」

「見なければ、弄ってやれないぞ。それに、バスルームでもたくさん見たが?」

意地悪く笑う花城が桜智の顔の横に両手を突き、静かに体を重ねてくる。顔が近づき自然と互いに口を開いて唇を重ね合わせた。

「は、ぁ……っ、ふっ……ぁ、んっ、んぁっ」

花城の手が桜智の肌を這い、内腿に滑り込んでくる。足をゆっくりと外側に開かされ、花城の腰を足の間で抱えるような格好にさせられた。互いの熱塊が触れあい、さらに興奮は高まっていった。唇を離すと声が漏れ、キスで塞がれるとくぐもったような声が鼻から抜けた。

「かわいい声をもっと聞きたいが……」

体を起こした花城が、桜智の下半身を見つめ、そこで息づいている剛直を見つめてくる。恥ずかしくて両手で覆うと、案の定、花城がその手をどかしてきた。

「隠すのはなしだ。私が食べたいのはこれだ」

「あっ……」

　桜智の剛直を手にしたかと思うと、それをパクリと口に入れてしまった。

「やっ、あっ、ぁっ……ぅっ、は、はぁっ、そんな、そんなしないで、くださっ……ひっ……」

　花城の舌が桜智の幹を這ったかと思ったら、裏筋を上ってカリの括れにたどり着く。その周りを舌先でなぞられると、腰がガクガクするほどの快感が生まれる。我慢できずに喘げば、今度は鈴口を舌先で抉られた。

　一度では終わらない花城の舌技に、桜智は敏感に快楽を拾い上げて積み重ねた。腰の奥にそれは溜まっていき、もどかしさと切なさが絶頂を欲した。

「だめ、だめ、です……っ、で、でるっ……あ、あ、あっ！　や、やぁっ」

　腰の痙攣が止まらない。自分で制御できなくなってきて、膨れ上がる快楽になにもかも攫われたいと考えてしまう。

「好きなときにイけばいい。すべて受け止めてやる」

　花城はそう言ってまた桜智の陰茎を咥え、じゅぶじゅぶとわざと卑猥な音を立てて唇で扱きあげてくる。その舌技には抗えない。抵抗も虚しく、桜智はベッドシーツを握りしめて体を硬直させる。

「はっ、あっ、ぁあぁっあああっ！」

　腰はベッドから浮き上がり、制御できない体はビクビクと不規則に震え、頭が真っ白になるほどの快感に打ち震えた。なにも考えられない。気持ちよさが全身に広がり、すべての神経をくすぐるように暴れ回る。

　閉じていた目をゆっくり開き、ぼやける天井を見た。肩で息をしながら体を弛緩させ、はっとする。

「花城さんっ」

　桜智は慌てて上半身を起こした。桜智の陰茎から口を離した花城が、左手でその口元を拭っている。

「いっぱい出たな」

「あ、また……飲んだん、ですか……？」

「ああ、そうだよ。だめだった？」

　得意顔でこちらを見てくる花城に、桜智は言葉を失った。嫌だとかではなく、ひたすら恥ずかしいのだ。顔がじわっと熱くなって花城から目をそらした。

「さて、赤くなっている場合じゃないぞ。こっちにおいで」

　花城に足を掴まれて引っ張られた。その弾みで桜智の上半身はベッドに沈み、桜智の足はふわっと宙に持ち上げられる。尻までベッドから浮いていてその狭間に花城が顔を突っ込んできた。

「ちょっ……！　なに、あ、やだっ……は、花城さん！」

「ほらほら、暴れないでちゃんとできないだろう」

尻たぶの肉を左右に開いたかと思うと、尻の狭間に顔を突っ込んだ花城が桜智の窄まりに舌を這わせてきた。

「は、あぁあっ！　や、やだ、やだ、そんなの……や、……ぁああん」

ねっとりと蕾を舐められてから我がぶるっと震えた。花城の器用な舌先は蕾の真ん中をぐりぐりと押してくる。こじ開けられて中を直接舌で愛撫され、桜智の口から甘い喘ぎが漏れた。

花城のきれいな口に自分の後ろを舐めさせる背徳感が、桜智をさらに興奮させて悶えさせた。

「は、あっ、あ……んんっ、ひ、ぃっ……あっ、あっ、あぁっ、そんな中、まで……っ」

「ここはちゃんと緩めておかないと、つらいのは桜智だからな」

そう言って花城が桜智のほころび始めた蕾を再び舐め始める。

「あ、ふぅっん……」

舐められることがあれほど恥ずかしかったのに、今は自分から足を広げて後ろを舐められる快感に肉環がヒクついていた。舌だけでは届かないもっと奥に刺激がほしい。そう思ってしまうと、頭の中はそればかりになってしまう。

（もっと奥……もっと、あ、あぁ……もどかしい、焦れったい）

この気持ちを素直に口にすることはできない。しかし桜智の思いが花城に届いたのか、舌が後孔から抜けていったかと思うと、今度は彼の指が肉筒へと入ってくる。

「はぁっ……あぁぁああ……っ」

肉壁を指の腹がやさしく愛撫してくる。桜智の急所にそっと触れてきて、グリッと刺激が与えられた。

「ひぃぃっ！　はっ、あっ！」

ビリビリと強い電流のようなものが背中を駆け上がってくる。感電したかのように桜智は体を硬直させた。持ち上げられていた尻はベッドに下ろされているのに、自らベッドに足を踏ん張って腰を持ち上げている。

「……そんなに気持ちいいのか？　まるでヨガみたいなポーズになってるぞ」

「だ、だって……そこ、そこ、は、あぁあぁあっ、ん！」

桜智が話しているのに途中でまた感じるポイントを強く撫でられた。鋭い快感がビリビリと体の中を駆け巡る。息もできないくらいの刺激に目眩がしてきた。指を抜き差ししながら本数を増やされ、桜智の肉環は弄られるほどに緩く拡がっていく。

「ここがそんなにいいんだな。じゃあ一緒に悦くなろうな」

にゅぽんと桜智の後孔から指を抜き、しばらくして熱の棒のようなものが後孔にあてがわれた。それが花城の切っ先だと気づいた途端、桜智の後孔がヒクリと期待に震える。

「挿れるぞ……」

ぐうっと押しつけられて、桜智の肉環が花城の切っ先に沿って拡がる。ゆっくりゆっくり腰を進めてくる花城は、桜智の様子を気遣いながら中へと這い入ってきた。

「ふ……っ、ぐぁっ、は、あ、あ、あぁ……っ、んんっ、すご、太い……それ、ああっ！」

桜智のいいところを花城の雁首(かりくび)が押し、撫でてくる。腰がひとりでに浮き上がりそうになるのを、花城が両膝を持って桜智の腰をベッドに押さえた。

「あっ、あっ、あっ、や、やあぁだ……気持ちいい、そこ、それ……いい、すごい、あぁああっ、やだ、もう、いやぁ……」

「気持ちいいんだろう？　挿れただけでこんなに感じて、それなのにいやなのか？　それじゃあ抜く？」

途中まで挿入していたそれを、花城が意地悪く言いながら引き抜こうとする。

「あ……っ！」

思わず声を上げ、同時に後孔が花城の肉茎をぎゅっと咥えて離さなかった。その締めつけに花城の顔が苦痛に歪む。その色っぽい顔を見て桜智は胸をきゅんとさせながら、花城の剛直を離すまいとさらに締め上げる。

「くっ……！　そんなに抜かれるのがいやなのか？」

「や……ちが、そうじゃなく、て……」

「そうじゃない？　じゃあなんだ？」

花城が桜智の腰を掴んだかと思うと、最奥へ一気に突き上げてきた。

「ひぃっ…………！」

悲鳴のような声が出て、目の前に白い星がいくつも飛んだ。腰の奥にあった疼くような気持ちよさが体の中で破裂する。それが体の末端へと一気に広がった。

「すごい締めつけだな。食いちぎられそうだ」

桜智の足の間で腰を押しつけた花城が、上から感じている顔を覗き込んでくる。もう恥ずかしいなんて気持ちはどこかに飛んでしまって、今は快楽に支配されながらキスをしてほしいと思っていた。

両手を上げて花城にキスを強請ると、すぐにその願いは叶えられる。桜智の上に体を重ね、あのやさしいキスを施された。

「ぅ……んんっ、ふ、ぅんっ」

　桜智も積極的に舌を絡め、吸われて吸って唇を甘噛みをされて、その刺激が桜智の後孔がきゅっと絞まり花城を追い詰める。

「キスが好きだな。唇を噛むと後ろが締まる。私を先にイかせる気か？」

「そんな、つもりな……ない、です。……あんっ！」

　最後まで言い終わる前に花城が腰をぐいっと押しつけた。反射的に桜智の口から声が漏れる。それが合図のように、花城はゆっくりと桜智の中を擦り始めた。

「あんっ、あんっ、ひっ、いっ……ぁあっ、なに、なに、これ、あっ、あっ……」

　花城と寝るのは二度目だが、あのときとは感じ方が全く違っていた。初めて花城と寝たときは、お互いにアルコールも入っていたし、桜智も後ろを使うのは初めてだった。最後はイけたが、すべて最初から快楽があったわけではない。だが今回は花城が触れる場所がなにもかも快感に繋がっている。

（なに、これ……中が、擦られるとおかしなくらいに気持ちいい。全部、すごい……）

　花城が抽挿するたびに、桜智の体はビクビクと敏感に反応した。腰を動かしながら近くに置いてあったローションを手に取った花城が、繋がっている場所に流し入れる。

「はぁっ……すごく、締まるな」

「もっと、もっとして……花城さん、もっと……」

花城が抽挿するのをやめて、ローションを足している時間ですら焦れったい。強請ることに羞恥を感じないほど花城がほしかった。

「わかってるよ。ほら、これだろう？」

滑りがよくなった接合部分から、じゅぶじゅぶ……と淫靡な音が聞こえ始める。しかしそれよりも中を擦られる気持ちよさに桜智は身悶えた。

「ああっ、あっ、これ、あああぁっ、いいっ、すごい、ひぃぅっ……すご、い……」

抽挿しながら桜智の肉茎を掴んだ花城が、腰を動かすリズムと同じように扱き上げてくる。前と後ろを同時に刺激され、腰の奥に溜まっていた快感が一気に膨れ上がってきた。

「やだ、やだ、だめ……っ、そんなにしたらイっちゃう」

「気持ちいいんだろう？　なら我慢しないでイけばいい。ああ……桜智の中は最高だ。このまま一緒に、イこうか」

ベッドに後頭部を擦りつけていた桜智は、イヤイヤをするように首を振る。この快楽の中にずっといたい。なにもかもを忘れて、どろっとした蜂蜜の中に体を落とされたような全身を包む快感に浸っていたかった。

「いやなのか？　でもここは、少し出てきているが」

花城が手にしているのは桜智の陰茎だ。ローションを纏ったそれはぬらぬらと淫猥に光っていて、花城の手の中でヒクついていた。鈴口からはとめどなく愛液があふれ、徐々に白くにごり始めていた。

「あっ、あんっ……そんなにしないでっ」

「それじゃ、中でイこうか」

蕩けそうな気持ちよさの中、花城が桜智の肉茎から手を放した。彼の両手が桜智の腰を掴んで、左足を持ち上げたかと思うと体を横に向けられる。中で花城の切っ先がグリッといい場所をえぐって悲鳴のような喘ぎ声が出た。

「桜智のいいところを突いてやるからな」

桜智の左足を抱えた花城が、これまでにない腰使いで抽挿を始める。揺さぶられる体。視界はブレて持続的に快楽の波が桜智に襲いかかる。

「ひぃっ、あぁ……あっ、あぁぁ…、あっ…あぁぁあ、ぅぁ……あぅんっ」

気が変になりそうなほどの強烈な追い込みに、桜智は一気に絶頂へと連れて行かれる。

「イくっ、イくっ……あぁぁああっ、いいっ！」

手の甲に筋が浮き上がるほど強くベッドシーツを握りしめる。体に力が入り、陸に上がった魚のようにベッドの上で体をくねらせた。触れられてもいない桜智の剛直はビクビクと震えたあと、白濁をベッドにまき散らした。それは一度では終わらなくて、花城が後孔を突き上げるたびに噴き上がった。

「イくぞ、桜智」

「い、やぁ……もう、イって…るか…らぁ……」

絶頂の中で強すぎる快感に意識が飛びそうになっていた。ひときわ激しく突いた花城が、腰を押しつけるようにして動きを止める。

「うっ……はあっ……」

艶めかしい吐息とともに声が聞こえ、桜智の中に灼熱の欲望が解き放たれた。それと同時に、桜智も剛直からぶしゅっと潮を噴き上げる。そして腰をガクガクと痙攣(けいれん)させながら、意識を失ってしまったのである。

誰かに髪を触られている感触で桜智は目を覚ました。目を開くと、ぼんやりとした世界の中に人の顔が見える。何度か瞬きをしてそれが花城だと気がついた。

「目が覚めたか」

やさしく囁くような声音で話しかけられる。体がベッドに沈んでいるようにだるくて、動かそうと思うのに腕はピクリとも動かなかった。

「あの……」

自分の声がカスカスに枯れているのに驚いた。反射的に喉に手を当てようとしたが、やはり腕は思うように上がらなかった。

「あれだけ叫んだんだ。喉もかれるよ。待ってて」

起き上がった花城が、テーブルに置いてあったミネラルウォーターを持ってきてくれる。それをなんとか受け取って、桜智は重い上半身を起こして水分補給をした。すべての水分が体に染みこんでいく気がして気持ちいい。飲んでも飲んでも足りない気がして、五〇〇ミリリットルを一気に飲んでしまった。

「すごいな、一気飲みか」

「なんだかすごく、水分不足で……」

桜智がそう言うと花城が肩を揺らして笑う。空のペットボトルを花城に渡し、ふうと息をついた。

「叫んだ上に、水分も大放出だったからな」

ベッドに戻ってきた花城はワインレッドの光沢があるローブを身につけていて、どこかモデルのようにも見えた。落ち着いたところで昨夜の行為を思い出し、はっとして自分の座っているベッドを見やった。花城に脱がされたシャツは床のどこにもなく、桜智は大きめのパジャマを上着だけ着せられていた。

（あれ……なんでこんな格好？）

前回もそうだった。どろどろになった体もベッドシーツもすべてきれいにされていたのだ。今回も同じだ。

（確か僕……）

自分の中に花城が熱を流し込んだとき、強烈な快感ですべてを解放した。花城の「水分も大放出だった」という言葉に記憶が蘇る。

「は、花城さん……僕、その……」

青くなって花城を見れば、彼はなぜか余裕の笑みを浮かべていた。スッと伸びてきた手が桜智の頬に触れる。

「好きな人の世話をするのも、私の役目。桜智が寝ている間にきれいにした。意識のない桜智は頬が少し赤くて、後ろから私のものを掻き出すときも少し喘いでいて……」

「わっ、わっ、わっ！　もう、もういいです！」

桜智は昨夜の子細を話し始めた花城の口を慌てて塞ぐ。自分が最後にどうなったかを覚えているし、それを前後不覚になっていない状態で聞くには恥ずかしすぎる。すると花城の腕が桜智の体にするりと巻きつき、細い腰を引き寄せられた。

「ひゃ……っ！」

花城の口を押さえている手の平を舐められて、桜智は反射的に手を放した。

「自分が意識を失う前にどうなったか、おさらいするのはいやなのか？」

「い、いやというか……聞いていられないです」

花城の腕がさらに桜智の体を強く抱いてきて、片方の手がパジャマの中へ忍んでくる。丸い尻にその手が下りてくると、ビクッと体を反応させた。

「もう、朝ですから……これ以上は……」

「そうだな。男連中も蓮も起きてくる。ああ、そうだ、桜智と蓮を誘拐したのは銀誠会の連中だった。こちらの情報を流していたのは、浩一だ」

花城にそう言われて、桜智はドキッとする。浩一には何度も食事を作ったし楽しく会話もした。桜智の料理を美味しいと言って、蓮とも笑いながら話していた。それなのに花城組のみんなを裏切ったというのか。

「それ、本当なんですか？」

消え入りそうな声で聞けば、本当だ、と返事が聞こえた。花城がゆっくりと腕を解いてくれる。お互いにベッドで向かい合って座り、桜智はパジャマの裾を指先で弄りながら聞いていた。

「ああ、本当だ。緒方に調べさせていたんだが、浩一に間違いはない。ピロートークには相応しくない内容だったな」

今する話ではないな、と花城は言ったが、桜智は気になってしまった。

「それであの、浩一さんは……どうしたんですか?」

桜智が浩一の身を案じて聞いてみると、花城の顔からスッと感情が消えた気がして背筋がゾクッとする。

「浩一とはもう、話はできない。花城組に裏切り者は置いておけないからな」

それがなにを意味しているのか、桜智はそれ以上踏み込んで聞けなかった。ただ追放されただけなのか、物理的にもう話はできないような環境になっているのか。それは花城の声や表情で察するしかない。

「そう……ですか」

「私たちの世界は、こういう世界だから。桜智や蓮には見せたくない一面もやはりある。ヤクザは所詮ヤクザなんだ」

また目の前で線を引かれた気がした。花城に好きだと言われ、自分もまた思いを伝え、こうして体を繋げてもまだ彼の住む世界には入れていない気がしてしまう。

（いつになったら、同じ世界で息ができるんだろう）

そんなことを考えてはっとした。これまでヤクザと関わり合ってその世界に入ることに躊躇していたはずなのに、今は自分から彼らの世界を知りたいと思っている。この気持ちを花城に伝えようかと逡巡する。もしかしたら、言葉にしなくてももう花城は気づいているかもしれない。

「無理してヤクザの世界を知ろうとしなくていい。蓮と桜智にはヤクザの世界とは別のところで生きていてほしい」

「え、それって……」

「いや、なにもここから追い出そうとか縁を切ってとかそういうのじゃない。知らなくていいことは、知らない方がいいということだ。別に桜智や蓮を手放そうなんて、思っていないよ」

俯いていた桜智の顎を掬った花城が、やさしく唇を重ねてきた。その瞳に嘘はないようだ。

「よし、みんなが起きる前に着替えようか」

花城の提案に桜智は頷く。窓の近くまで歩いて行った花城が両手を広げるようにカーテンを引いた。そこから白く眩しい朝の光が部屋いっぱいに差し込んできて、桜智は思わず顔を背けて目を閉じた。

「いい天気だ、桜智」

ローブ姿の花城が振り返って微笑み、朝日を背負ったその姿はどこか神々（こうごう）しく見えた。

花城組の屋敷で生活を始めてどのくらいがすぎたのか、桜智はすっかりここでの生活に馴染みきっていた。

食材を買いに行くときは組の誰かが荷物持ちをして、蓮を送り迎えするときは花城と三人だ。外に出るときは常に誰かと一緒で、蓮と二人きりで外出はしなくなっていた。

あの日以来、組同士の抗争やトラブルは一切なく、桜智は花城の屋敷で平和に暮らしている。知らないところで怖いことが起こっているかもしれなかったが、知らないでいいことは知らなくていいという花城の言葉通りそれを受け入れていた。

花城宅を出てアパートを借りようと思っていたが、今はもう少しここに残ることになった。

——桜智さん、お願いします。義樹の料理の腕がもう少し上がるまで、付き合ってくれませんか？　どうか、お願いします！

そう言ってきたのは、なんと靖一だった。桜智がいよいよ新しい住まいを見つけてそこを契約しようとなったとき、ツルツルの頭を下げて頼んできたのである。それには驚かされたが、義樹の食事が靖一に相当なダメージを与えていたのは確かだった。

とりあえずは義樹の料理の腕が普通のレベルに上がるまで、この花城宅でお世話になることに決めた。花城は「一生ここにいてほしい」とみんなの前でさらっと言ってのけ、蓮はやったーやったーと飛び上がって喜び、他の男衆は「毎日、美味い飯が食える！」と喝采した。

ここで必要とされているなら残ってもいいかなと思い、桜智は今日もキッチンに立っている。

「時雄さん〜、夕飯どうするんですか？　ボードに記入ないです〜」

花城と出かけようとしている時雄に声をかけると、しまった！　というリアクションとともに廊下を走って戻ってきた。

「やっべぇやっべぇ、桜智さんの夕飯を食いっぱぐれるところだった。それで夕飯のメニューって決まってるんすか？」

「今日はとんかつですよ〜」

「やった！　桜智さんのとんかつ最高っすよね！　外はサクサク中はジューシー……飯が

進むんだよなぁ」

うっとりと上を向き、以前に食べたとんかつのことを思い出しているのか、時雄の口元は中途半端に開いている。

時雄が『夕食』と書かれたボードの空欄に丸印をつけて満足顔だ。そのとき、玄関の方で言い争うような声が聞こえ、桜智と時雄が同時に玄関の方を見やった。

「なにか揉めてる、よね」

桜智が言うと、時雄は慌てて走って行く。その後ろを恐る恐る桜智もついて行った。

「別に私がここに来たっていいじゃない！　条ノ内とは親類みたいなものでしょ！　私を振って男に走ったくせに、少しくらい大目にみてよね！」

「礼香、お前がここに来るときは決まって私が出かける時間だ。桜智になにか作らせているらしいが、ここはお前の店じゃないんだぞ」

花城が胸の前で腕を組み、広い玄関口の真ん中に仁王立ち（におうだ）ちになって礼香を中に通さない。

礼香も同じように胸の前で腕を組み、二人はどちらも譲る気配がなく睨み合っていた。

花城の左側には義樹が、右側には靖一が控えているが、二人はこの言い合いに首を突っ込む気はなさそうだ。しばらくして屋敷の奥から緒方も姿を見せた。

（うわぁ、あの二人またかぁ）

礼香がこうして花城組の屋敷に足を運ぶのは今に始まったことではない。桜智が花城とこういう関係になるまでは、婚約者として出入りしていた。それが今は肩書きがなくなったというのに、月に二度は姿を見せるのだ。別に花城の隣を桜智が取ってしまったから、その抗議のために来ているわけではない。

花城と思いを通じ合わせ、礼香と結婚しないことを組長に伝えたときはどうなるかと思ったが、案外あっさりと受け入れてくれた。

——まあ、うちの組は世襲制で跡目を決めているわけではないからな。跡継ぎがいないからといって慌てはしない。

花城が跡目を継いで、そのあとは相応しい相手を花城が決めればいいという柔軟な考えだった。しかし礼香はそうはいかなかった。花城と結婚するものだと思っていたのに、それを桜智に横からかっさらわれたのだから冷静ではいられないのは当たり前だ。

——は？　私じゃなくて章介がお気に入りのその男と一緒になる!?　あの、聞き間違いよね？　男？　あなた、そういう嗜好の人だったの？

花城の隣に座る桜智に向かって嫌悪の目を向けてきたことは忘れていない。最初は驚いたようだったが、それからはもう諦めたような態度だった。しかししばらくして礼香が花城の屋敷に通うようになった。目的は桜智である。

（礼香さんが来ると、必ずなにかスイーツを作らされるんだけど……ここ、フルーツパーラーじゃないんだけどな）

礼香の考えは今でもわからない。来るたびにスイーツを作ってと言われるので、最近は冷蔵庫にフルーツがたくさん入っている。

――ほんと料理が上手いわよねぇ。

キッチンで桜智は珈琲を飲み、礼香はスイーツを食べつつ世間話をする。その時間は決まって花城が出かけていた。

――ねえ、今日は緒方も章介と一緒に出ているの？

このセリフを来るたびに聞かれた。いくら恋愛に鈍感な桜智でも気がつく。礼香は緒方のことが好きらしい。とはいえ、花城が屋敷を出ているときは大抵は緒方も一緒だ。だから答えはいつも同じである。

（この言い合いって不毛だなぁ。でもここで緒方さんのことを言っちゃえば楽だけど、でもそんなこともできないし）

花城と言い合っていた礼香が、緒方の登場で口調がおとなしくなる。しかし花城はそのことには全く気づいていない様子だった。

「礼香、もうここへは来るな。婚約者でもないお前が来る意味がないだろう」

「い、いいじゃない……だって、その、桜智が作るスイーツが美味しいの。私に味見をしてって言うんですもの」

礼香が花城の後ろに立つ桜智に視線を移動させる。みんなの視線が桜智に集まった。桜智はそんなことを一度も言った記憶はない。首を振ってリアクションすると、礼香はプイッと子供のように顔を背けた。

「桜智、もう礼香とは話すな。こいつが来るたびに料理をさせられているんだろう？　今後、花城の屋敷を出入り禁止にする」

その言葉に礼香の顔色が変わり、桜智も動揺した。ここの出入りを禁止されたら礼香は緒方に会えなくなる。それは少しかわいそうな気がしたのだ。

「あのっ！　僕が、趣味でやり始めたスイーツ作りに、礼香さんが付き合ってくれてるんです。味見してくださっているだけなので、迷惑では、ないです……」

桜智がたまりかねて口を出した。

「でも毎日来るのは僕が大変だからって、日数を開けて来てくれているんです。だからその、出入り禁止は……ちょっと厳しいかなと……」

一番驚いた顔をしているのは礼香だった。花城も呆気に取られているようだったが、最終的には桜智の意見を理解してくれた。

「まあ、桜智がそう言うなら……。でも礼香にひどいことを言われたりされたらすぐに報告するんだぞ？」

「わかってます。でもその心配はないですから」

花城に向かってにっこり微笑むと、ようやくその場の空気から緊張感が消えていく。桜智の言葉を信用した花城が、行ってくる、と桜智の額にキスをして、安堵した様子で玄関から出て行った。外出の際の見送りで額にキスをされるのも、それを他のみんなに見られるのもずいぶん慣れた。

（キス、初めは恥ずかしくてめちゃくちゃ動揺したなぁ）

初めて『行ってくる』のキスをされたときのことを思い出すと、じんわりと頬が熱くなる。

花城に続いて他のみんなも靴を履き外出していく。一番最後に緒方が靴を履いているとき、彼に対して礼香が熱視線を送っているのに気づいて、桜智は緒方に近寄って彼の耳に口を寄せた。

「たまにでいいので、礼香さんを気にしてあげてください」

そう耳打ちすると、緒方の動きが一瞬止まる。ちらりと礼香の方を見やり、そして桜智に視線が移動した。

「……わかった」

桜智にだけ聞こえるような小さな声だったが、表情も変えず言ってくれた。ホッとした桜智は立ち上がり、出かけていく緒方を見送る。

「礼香さん、今日はなにか一緒に作ってみませんか？」

「え？　私が、あなたと？」

「はい」

桜智はにっこり微笑んで、意外な申し出に驚いた礼香と一緒にキッチンへと向かうのだった。緒方との仲がいい感じで縮まればいいなと思う。

◆　◆　◆

「お出かけ、うれちいです」

蓮と手を繋ぎ、反対の手を花城が握り、二人に挟まれた元気印の蓮はテンションが高い。今日は見せたいものがあると言われてかの屋の跡地にやってきた。いや、今はもう跡地ではなく立派な複合施設が建っている。

路地を入っていくと、それは見えてきた。一階から三階まで商業施設が入り、四階から二十階までが分譲マンションだ。それを見上げて、立派なものが建ったなぁ、とそんな気持ちになる。かの屋があった下町の雰囲気はもうどこにもなかった。

（こうして時代は変わっていくのかな）

寂しい気持ちになりつつ、三人で一階エントランスのガラスの自動ドアを潜る。花城はこの商業エリアのどこかにお店でも出したのだろう。きっとそれを紹介したいのだと桜智は思った。

一階の入り口付近にはドラッグストアやファストフード店にキッズエリアの設置が準備中のようだ。洋服店や雑貨屋、一番奥には大型の百円均一ショップが入るらしい。どこの店舗もまだオープン前で準備中だ。

「見せたいのは二階だ」

二階に続くエスカレーターは止まっているので、階段と同じように登っていく。二階もまだ準備中の店舗ばかりだ。作業をする人を見ながら進み、まだショーケースになにも入っていない店舗の前で花城が止まった。

「ここだ」

「ここ、花城さんのお店ですか？」

店舗の看板はまだかかっていなかった。ショーケースも空でなにを売る店なのか見当がつかない。見た感じは食品売り場のようだ。

花城がなにも言わないので、桜智はショーケースの向こう側を覗き込む。そのとき……。

「あ！　来たんですね！」

義樹が奥から顔を見せる。やはりここは花城の店のようだった。

「義樹さん、準備されてたんですか？」

「へ？」

桜智がそう尋ねると、義樹がきょとんとした顔で花城の方へと視線を巡らせる。なにか変なことを言っただろうかと思い、桜智も花城の様子を窺った。

「ここは桜智の店だ。あの場所にかの屋の看板をかける」

花城が店舗の上を指さす。そこにはちょうどあの年代物のかの屋の看板が入るスペースがあった。

「え、なに？　ここ……？　え、どういう、ことですか？」

「どうもこうも、かの屋を潰してしまったからな。桜智の生きがいで生きる意味だった店だろう？　かの屋がなくなると私も蓮も困るんだ。だからここでかの屋を続けてほしい」

急なことで桜智は混乱気味だ。まさかこの施設内で店を持てるなんて考えもしなかった。

だがこういう場所は家賃も高いだろうし、惣菜店がやっていけるのだろうかと心配になる。

そんな気持ちを花城が察したのか、大丈夫だ、と先回りした言葉をかけられた。

「ここの建設にうちの会社も関わった。光熱費だけで家賃はなしだ。これまでと同じようにかの屋を続けられる」

「え、でもあの……いいんですか？　本当に……」

かの屋がこんな形で自分のところへ返ってくるとは思わなかった。桜智はなんと言っていいのかわからず、新品のショーケースのガラスに触れる。

「元気ミートボール、買えまちゅか？」

蓮が桜智を見上げて聞いてくる。ここで買わなくても今はいつだって作ってあげられるのにと思う。きっとかの屋に買い物に来ることが蓮にとっても楽しい時間だったのだ。花城の家でも同じものは作れる。だが店のショーケースに並べられている惣菜を選んで「これをください」と注文するのがいいのだろう。それにいろいろな種類の惣菜が並んでいるショーケースを見るのも楽しいのかもしれない。

「そうだね」

蓮の前にしゃがんで視線を合わせた桜智がそう返事をすると「やったあ」と飛び上がって喜んでいる。

「ここでかの屋を再開するってことで、いいんだな？」

「はい。こんなの、本当に夢みたいです。かの屋はもう二度と営業できないと思ってました。ありがとうございます」

桜智は立ち上がって花城に頭を下げる。しかし花城はあまりうれしそうな顔をしていなくて桜智は首を傾げた。

「礼を言われるようなことをしていない。むしろ、桜智からかの屋を取り上げたのは私たちだから」

そう言われても桜智には意味がわからなかった。かの屋を取り上げたなんてそんなことはされていない。むしろこうしてかの屋がここで営業できるようにしてくれたのは花城なのに。

「この一帯の土地を買い上げたのは花城組だ。ここの建設にも関わった。この複合施設を建てるために、かの屋やその他の店や住宅を立ち退かせた。だから、これは私の罪滅ぼしだ」

桜智の目を真っ直ぐに見つめる花城は、まるで懺悔しているように見える。いや、きっと花城は申し訳ないとそう思っているのだろう。

「でも、いずれにせよ、かの屋の入っていたあの建物はもう限界でした。そのタイミングで花城さんが介入しただけだと思うんです。だからここまでしてもらえて、僕は幸せだと思っています」

「桜智……」

「そんな顔しないでください。僕の生きがいを花城さんがまたくれたんです。ここは感動して僕が泣く場面ですよ」

冗談ぽくそう言って笑うと、花城の表情からようやく強ばりが消えた。

「怒ってないのか？」

「感謝することはあっても、怒るなんて……そんなのあり得ないです」

息を飲んだような顔をした花城が、なにかに突き動かされる勢いで桜智を抱きしめてきた。回りには人がいるのに、花城には見えていないようだ。

「桜智……よかった。それだけが不安だった」

「花城さんにも不安に思うことってあるんですね」

いつだって冷静な大人で、ピンチには銃の一撃で倒してしまう花城だ。不安に思ったり怖いと感じることなんてないと思っていた。だからこんな風にすがるように抱きしめてくる花城がかわいく思えた。

「僕も、さっちゃんちゅきです」

花城に抱きしめられている桜智の足に、蓮が両手でしがみついてくる。じゃあ俺も……

やの屋

と店舗の中から出てきた義樹が両手を広げて近づいてきた。

「お前はいいんだ」

もう少しで桜智の背後から義樹がハグしようとしたところで、花城の腕がそれを阻止した。

「ええっ……！　俺だって家族じゃないっすか～」

背後から不服そうな義樹の声が聞こえて、桜智はこらえきれずに肩を揺らして笑うのだった。

◆　◆　◆

新しいかの屋がオープンしたのはそれから一ヶ月後のことだ。店には代々受け継いできた味のあるあの看板がかけられてある。ユニフォームとエプロンと帽子は、店舗の張り出しテントと同じ赤と白のストライプ柄でお揃いだ。見た目は前のかの屋とほとんど変わっていなかった。

オープンの準備は時雄や義樹、他のメンバーも手伝ってくれた。店の左右には開店祝いのスタンド花が二つ置かれてあり、ショーケースには前のかの屋でも顔なじみのメンバーが肩を並べていた。

「さっちゃん！」

　エスカレーターを上がってきた蓮が、花城の手を振りきって駆けてくる。

「元気ミートボールくだちゃい！」

　得意顔で蓮が注文してくれる。店の中には桜智と義樹が入っていて、二人は笑顔で蓮を出迎えた。

「いらっしゃい、蓮くん。元気ミートボール、何個ですか？」

「蓮坊ちゃん、それ好きっすねぇ〜」

　ショーケースの上に腕を載せた義樹が、にこにこしながら蓮と話している。

「花城さんと蓮くんがお客様第一号です」

「そうか。光栄だな。じゃあ椎茸と海老のしんじょう揚げをもらおうかな」

　グレーのスーツでビシッと決めた花城が、以前のかの屋に来ていたときと同じように注文してくれる。

「はいっ」

　桜智は元気に返事をして、ショーケースから椎茸と海老のしんじょう揚げの入ったトレイを引き出す。

「僕の元気ミートボールも、お願いちます！」

蓮はショーケースに両手を突いて、ぴょんぴょん飛び跳ねている。

（またかの屋の看板を上げられるなんて考えなかったのに）

もう二度と店は持てないと思っていた。だから今のこの時間が本当に現実なのか疑いたくなるくらいだった。

「さっちゃん、来たよ～。おお～新しくなっていいねぇ」

エスカレーターを上がって姿を見せたのは豆腐屋の店主をしていた岩佐だった。手には開店祝いの花を持っている。

「ガンさん！　来てくださったんですか？」

「そりゃあ来るよ。これ、開店祝いね」

「わあ、ありがとうございます！」

岩佐からかわいらしい花を受け取る。白とグリーンが上品な印象のナチュラルなアレンジメントの鉢植だ。ちょうどショーケースの上に置ける大きさである。

オープンしてからかの屋を贔屓にしてくれていた人たちが次々に来店してくれた。その賑やかさにつられて、一見さんも桜智の惣菜を買っていってくれる。

桜智の幸せな時間がまたこのかの屋から始まる。

「すみません、この手羽先の唐揚げもらえますか？」

岩佐と話していると初めて来店したであろう客の注文が入った。義樹は他の客の対応中である。

「あ、はーい。すぐ注文をお聞きしますね。ガンさん。今日は来てくれてありがとう」

「いいのいいの。ほら、お客さん待ってるよ」

「うん。ありがとう」

岩佐の気遣いに頭を下げて桜智は注文を聞きに行く。繁盛するかの屋を花城や岩佐たちが微笑ましく見つめている。

ここからまた桜智とかの屋、花城と蓮のいる新しい人生が始まるのだ。

END

あとがき

こんにちは。セシル文庫さんでなんとなんと四冊目の刊行となりました！　柚槙ゆみです。「極道パパとおいしいごはん」を読んでくださりありがとうございました。

今回は今まで書いたことのない設定、そう、極道ものです。担当さんにどういう設定がいいかと聞いたところ、アイドルもの、アラブもの、ヤクザもの、と返答がありましてアイドルものは書いたので、アラブかヤクザかと悩みました（笑）どっちも書いたことがないので難しそうだなと思ってたのですが、今回はヤクザものを選んだ次第です。

しかしながらヤクザもののお話ってなにかとデンジャラスで、そこにお子様を入れるのは難しいな～と思っていました。まぁお話の最後の方はそのデンジャラスに巻き込まれた訳なのですが（笑）

かの屋を愛する桜智とヤクザっぽくないヤクザの花城と大人っぽいけど子供の蓮。とにかくほのぼのな食事シーンや蓮のほっこりシーンと、緊迫した場面とどう繋げようか。それにヤクザといえば悪いイメージしかなかったので、薬や詐欺や暴力などをリアルには書けないしやっぱり苦労しました（笑）いい具合にバランスが取れていればいいのですが、楽しんでもらえたのかちょっと心配です（汗）

誘拐や銃はちょっとだけ出てきましたね。あのシーンを書いているときは、あぶ〇い刑事の二人のイメージが頭にありました。刑事とヤクザは紙一重といいますし、なんとなく浮かんできたんですよね（笑）

さて、もしも担当さんのOKが出るなら、次はファンタジーか異世界ものを書いてみたいですね。異世界ものは転生か転移かで悩みますが、どちらも書いたことがないのでいいかもしれないです。最近はファンタジー作品を書くことにちょっとハマっていて、龍とか獣人とか考え始めると楽しくてしかたがないですね。

まだあとがきのページがあるので、少しうちの愛猫のことでも（笑）兄猫が三歳半、弟猫が二歳半なのですが、兄があまりに食いしん坊で困っています。

入ってはいけない部屋に入ったときは呼んでも出てくれませんが、ちゅ～○の歌を私が口ずさむとマッハで飛んでくるのです（食いしん坊の極みです）子猫の頃から歌いながらちゅ～○をあげて訓練をしていまして、そのたまものです。『ちゅ～○の歌＝おやつ』というのをすり込み、脱走したりした場合に有効活用させるためであります。名前を呼ぶよりこの歌を聞かせる方が効果的なのはちょっと笑ってしまいますけどね。

　そして弟猫ですが、こちらもまた癖があり……。とにかく猫のイメージそのものの性格で、偏食、気まぐれ、甘えん坊、の三本柱です。特に偏食には困ってしまいます。ウエットフードは三種類。ドライフードも三種類。常に用意してありまして、食いつきが悪くなってきたなと思ったら、別のフードに替えて出すようにしなければ食べないのです……。その食べないご飯を兄猫がサササ……とやってきて食べるもので、今や体重が七キロ越えになってしまいました（汗）現在、鋭意ダイエット中です。癖のある二匹との生活は大変ですが楽しいです。

　そろそろあとがきのスペースがなくなってきました。今回は表紙を上条ロロ先生に描いていただきました。魅力的で繊細な表紙がつきます！　蓮のかわいさ、花城の格好いいけど子供っぽい愛らしさ、そして桜智の純粋な明るさなどが盛り込まれた表紙となりました！

口絵も挿絵も素敵なので、本編を読んだあともう一度眺めてみてくださいね★

それから最後になりましたが、この本を手に取ってここまで読んでくださった読者の方々に、心より感謝いたします。本当にありがとうございました。

またセシル文庫さんでお会いできればうれしいなと思います。

BlueSky：yumi-yumaki　Threads：@yumaki_y　真冬の青空の下で　柚槙ゆみ

セシル文庫をお買い上げいただき、ありがとうございます。
この本を読んでのご意見・ご感想・ファンレターをお待ちしております。

☆あて先☆
〒154-0002　東京都世田谷区下馬6-15-4
コスミック出版　セシル編集部
「柚槙ゆみ先生」「上條ロロ先生」または「感想」「お問い合わせ」係
→Eメールでも OK ! cecil@cosmicpub.jp

極道パパとおいしいごはん

2024年4月1日　初版発行

【著　者】　柚槙ゆみ
【発 行 人】　佐藤広野
【発　行】　株式会社コスミック出版
〒154-0002　東京都世田谷区下馬 6-15-4
【お問い合わせ】　- 営業部 -　TEL 03(5432)7084　FAX 03(5432)7088
- 編集部 -　TEL 03(5432)7086　FAX 03(5432)7090
【ホームページ】　https://www.cosmicpub.com/
【振替口座】　00110-8-611382
【印刷／製本】　中央精版印刷株式会社

乱丁・落丁本は、小社へ直接お送り下さい。郵送料小社負担にてお取り替え致します。
定価はカバーに表示してあります。

ISBN978-4-7747-6547-1 C0193